晴れても雪でも

キミコのダンゴ虫的日常

北大路公子

集英社文庫

晴れても雪でも

キミコのダンゴ虫的日常

もくじ

本文イラスト◎丹下 京子
本文デザイン◎成見 紀子

晴れても雪でも

キミコのダンゴ虫的日常

㉖

ふむふむいやん

一月一日

あけましておめでとうございます。

四月号での新年の挨拶《あいさつ》もこれで三度目、最初は若干の戸惑いもなくはなかったのですが、慣れてしまえばどうということはないですね。ほんと人はあらゆることに慣れますね。父が昔ゴルフ用に買ったという強烈なピンクのセーターを部屋着にしていて、最初は見るたび「酒の飲み過ぎでついにピンクの象の幻覚が？」と一瞬ぎょっとしたものですが、今やそれすら慣れましたからね。これで本当に幻覚が見えるようになっても、もう安心。

というわけで、朝からお酒。お正月なので堂々と飲む。飲みながらも家族サービスの一環として麻雀《マージャン》に参加したところ、「負けてる時のウザさがザキヤマそっくり」と妹に指摘された。確か去年も同じことを言われた気がする。ザキヤマは麻雀が終わるといつのまにかいなくなるそうです。

一月二日

朝から雪かき一時間の刑。「私が雪を止めてみせる！」という昨年からの決意は変わらぬものの、正月に入って気が緩んでいるのかもしれない。その後、初詣。一昨年まではわりと大きな神社にお参りしていたのだが、駐車場は狭く人は多く足下はつるつるで途中で必ず家族の誰かがはぐれ最後絶対親子喧嘩《げんか》が始まる、というどうにも心が荒《すさ》む結果になりがちなので、昨年からは「ここ、神様います？」と尋ねたくなるような近所の小さな神社へ出向いている。今年も、バリバリに凍りついた手水《ちょうず》鉢《ばち》のひしゃくに参拝客の少なさを実感しつつお参り。神社に関してはなぜか権威主義の父が、「こんなのでご利益《りやく》あるのかなあ」と罰当たりなことを口走っていたが、寄り付く人のいない頑固じいさんに懐いて遺産を一人相続する孫みたいな感じで願い事を叶えてもらえると思う。

　夕方からは友人のハマユウさんを迎えて酒宴。うちの母は人に酒を飲ませるのが好きで、相手が一口飲むたびにすかさず酒を注ぎ足す癖があるのだが、「自分のペースで飲むから放っておいてくれ。二度と私に酒を注ぐな」と以前私にキレられ封印されたその技を、今日はハマユウさん相手に思う存分発揮していた。あれ、ものすごく鬱陶《うっとう》しいんだけど、止めてあげればよかっただろうか。

ミニ神社

一月三日

人を殺す夢と原稿ができていない夢を交互に見てうなされながら目を覚ます。正月が終わるのがそれほどまでに嫌なのか。嫌です。正月にしがみつくように、朝からテレビとビール。「もし私に息子がいて箱根《はこね》駅伝の選手にでもなったら応援に行かなくちゃいけなくなるから、本当に息子がいなくてよかったと思う」と言ったら、「それほどまでに家でだらだら酒飲んでいたいのか」と母に訊《き》かれる。いたいです。夜はさすがに飲み疲れて早寝。

一月四日

ぼちぼち通常モードに戻さねばと思っていたにもかかわらず、たっぷり眠って体調がいいせいで、十二時間にわたってビールを飲み続けてしまう。脳細胞の死滅する音が聞こえるようだった。

一月八日

雪かき一時間。それはいいのだが（よくはないのだが）、車のバッテリーが上がってしまってエンジンがかからない。念力や気合など様々試してみたがどれもダメで、結局、ガソリンスタンドのお兄さんに来てもらうことに。が、現れたお兄さんが「これ、ブレーキ踏まなきゃエンジンかからないんですよ。ブレーキ踏んでなかったんじゃないですか？」と爽《さわ》やかに言い放ったことで、子供の頃《ころ》、何かというと「年寄りだと思って馬鹿にして」と怒っていた大人たちの気持ちを四十年の時を経て突如理解する展開に。あの頃「誰もそんなこと言ってないのに」と思っていたが、言わなくてもはっきりわかることが世の中にはあると知る。

一月九日

雪かき一時間。

一月十日

雪かき一時間。冬も雪もなかなか止められないが、私の神通力効果で気温は平年より高く、おかげで雪が死ぬほど重い。一番駄目なパターンである。

「邪魔しないのが手伝いだ」と親に言われた昔を思い出す。

一月十一日

雪かき三十分の後、文教堂北野《きたの》店で『最後のおでん』文庫出版記念のミニサイン会。世間が怖いので、あまり人目に触れない隅っこをお借りしてこっそり開催させてもらったが、思いのほかたくさんの方（当社比）に来ていただく。ただ、人目に触れない隅っこに行列ができてしまったことにより、同じく隅っこにある官能小説コーナー目当てと思《おぼ》しき男性客が棚に近づけずにいたのは申し訳なかった。帰り際、彼の代わりに立ち読みしておく。ほほう。ふむふむ。いやん。

サイン会の後は友人たちとジンギスカン。昨夜も焼き肉飲み会だったというハマユウさんが珍しくジンジャーエールで乾杯している。二日酔いかと思ったら、一杯目は禊《みそぎ》だったようで、二杯目からは通常どおりのペースでジョッキを空けていた。間にソフトドリンクを挟むと、前の日の酒はなかったことになるらしい。肉の後はY姉妹に同行し、Y家でだらだらとビール飲みながら相撲《すもう》観戦。なぜ真っ直《す》ぐ家に帰れないのか私は。

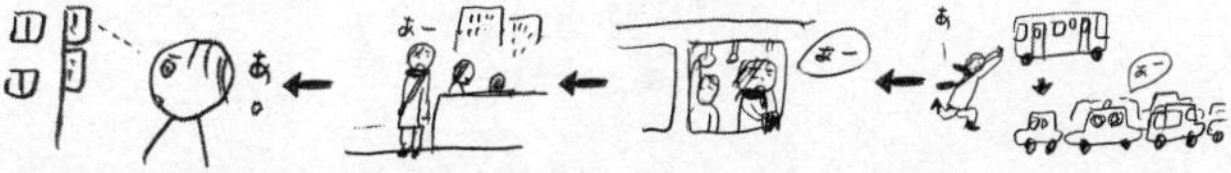

一月十四日

新年会に行こうとしたらバスに乗り遅れたのでタクシーに乗ったら渋滞にはまって途中から地下鉄に切り替えたけど間に合いそうになくて連絡しようと思ったら携帯電話を家に忘れていてじゃあとりあえず急ごうと地下鉄駅から地上に出た瞬間から方角がわからなくなっていることに気づいてでも気づいたからといって迷子が解消されるわけでもなくてもうどうしようかないっそ帰っちゃおうかなと思いながら闇雲に角を三回くらい曲がったら「あたり」みたいな感じで偶然お店の近くに出たので本当によかったです。待たせてすみませんでした。

一月十五日

今日こそお酒を抜こうと思っていたが、昨夜の新年会で「去年、怪我《けが》をして入院した時は酒飲みませんでしたよ」と胸を張ったイワモっちと、「私も年末病気で寝込んだ時は飲みませんでした」と言ったNさんの言葉を思い出し、酒を抜くには怪我するか病気になるかしかないのだと諦《あきら》めて晩酌敢行。関係ないけど、その新年会では、作家のまさきとしかさんが団扇《うちわ》みたいな大きな手帳に虫みたいな小さな字で予定を書き込んでいて、「ちょっと！　バランス！」と思いました。

白地獄

一月十八日

雪かき二回。冬休み中の姪《めい》が手伝いに出てくれるが、雪かきシャベルをくるくる回してバトントワリングの真似《まね》をしながら学校のクラブ活動についてひとしきり語っただけで帰っていった。「邪魔しないのが手伝い」を実践したのだろうか。

一月二十日

母の通院日。重く湿った雪が激しく吹きつける中、病院へ送っていく。運転中も雪は激しくなるばかりで、帰りはほとんどホワイトアウト状態。曲がるべき角が雪でわからなくなり、気がつけば全然行きたくなかった場所で渋滞に巻き込まれていた。怖い。気を落ち着けようとコンビニの駐車場に入ってみるも、あっという間に車が雪に埋もれそうになり慌てて脱出。ガラスに雪が付いていて視界が悪いので右左折のたびに運転席や助手席の窓を全開にして確認していたら、吹き込む雪でまるで雪だるまが運転しているみたいになったが、道端ではもっと雪だるまになった人があちこちで雪にハマった車を救出しようとしている。見渡す限り、人も車も建物も空も地面もすべてが真っ白。ああこれが白い地獄なのだなと泣きそうになりながら、やっとの思いで帰宅すると駐車場が既に雪に埋まっていた。息もできない吹雪《ふぶき》の中、車を入れるために雪かき。神様、雪のない国で暮らしたいです……という「さて何回雪と言ったでしょうか」的な一日を送る。何回言ったでしょうか。

一月二十一日

『クレヨンしんちゃん』をちゃんと観《み》たことがないから断言はできないが、「人の持っている物を何でも欲しがっては、おくれよん、おくれよん、とねだる欲張りな子供の話」との母の説明は絶対に違う気がしている。

一月二十二日

五年くらい前に壊れてそのままになっていた便器の蓋《ふた》の修理をしてもらう。ヒンジ部分から折れ、見た目としては勇者の盾みたいになっている蓋を、普段は便座の上に置き、用を足す時は壁に立てかけ、「不便だねー何か嫌だよねー」と嘆きつつ使っていたが、先日ふと思いついてメーカーに電話したところあっさり交換終了。あまりの呆気《あっけ》なさに、トイレに入るたび、あの不便がっていた五年は何だったのかという虚しさと、盾がなくなった今暴漢に襲われたらどうやって身を守ればいいのだという心細さが同時に押し寄せ、素直に喜べない。

一月二十四日

今まで慎重に回避していたプロバイダーからのセールス電話にうっかり出てしまう。光回線への乗り換えを勧めるものだが、今まで数々のセールス電話を撃退してきた私の無愛想応対にも怯《ひる》むことなく丁寧かつ粛々《しゅくしゅく》と説明を続ける相手にやや押され気味。それでも「工事が面倒だし」と断ると「ええっ？　面倒だから？　本当に？　本当にそれだけの理由で？」と心底驚いたような声を出されたので、ああ、こんな人とは一生わかりあえまい、面倒くささを理解しない人とは話をするのも面倒くさいと、結局は契約を承諾した。図らずも面倒くささの力を見せつける形になったわけだが、今となっては敗北感しかない。

一月二十七日
私の神通力があらぬ方向に暴走しているのかこの時期にしては異様に気温が高く、道路がざくざくになっている。そのざくざくの雪に埋まった車の救出手伝い。お礼を言う青年に私のせいだということは伏せ、慈母のような笑みで見送る。

一月二十九日
急ぎの洗濯物をストーブの上に干そうかどうか迷っていたら、母に「大丈夫、落ちないように見ててあげる。私の目が白いうちは安心して」とものすごく不安なことを言われる。それ既に死んでるのではないか。

明日から内地の友人たちが遊びに来るのだが、まさかの本州方面天候不順で、飛行機が飛ぶか飛ばないかの騒ぎに。私が冬将軍を北海道から追いやったせいだろうかとドキドキするが、この件ももちろん伏せておくのだった。

㉗  大人の●は●で●●●

一月三十日

猛吹雪の後の思わぬプラス気温など、一進一退を繰り返す冬将軍との闘い。凍るわ積もるわ溶けるわ埋まるわまた凍るわの不安定な日々に、これならいっそ闘わない方がよかったのではと一瞬弱気になった私の心の隙《すき》を突くがごとく、朝から「本州大荒れ、東京にも雪」のニュースが流れる。

今日は東京からはJ社の担当編集者C嬢が、東北方面からは友人のSさんがやってくる予定だというのに、わざわざこの日を狙《ねら》う冬将軍のやり口に怒りが収まらない。いつか、絶対にいつか、この北海道を私の力で常夏の国にしてみせる、みせるがでも今日だけは飛行機なんとか飛ばしてお願いこのとおり、と戦略上とりあえず頭を下げる高等戦術に出たところ、C嬢は予定の飛行機で来札《らいさつ》、Sさんは全便欠航で搭乗できずという一勝一敗の結果に。ヤツも私の出方を探っているのだろう。

夕飯を食べに行きがてら、C嬢に雪まつり準備中の大通《おおどおり》公園を案内

する。が、大雪像はまだ完成には遠く、「雪で足下の悪いなかをわざわざ行く夜の工事現場ツアー」みたいなことになってしまった。組まれた足場だけをぼんやりと見上げる。

一月三十一日

札幌《さっぽろ》も東北も晴れ。朝イチの飛行機でやってきたSさんと無事に合流を果たす。早速、三人で市内観光へ。美味《おい》しいと評判のお店（Sさん調べ）でサンドイッチを食べ、うきうきとテレビ塔にのぼり（Sさんの提案）、これまた評判のお店（Sさん調べ）でピザを食べ、それからバスで温泉（Sさんが調べて予約）へ出かける。本当に飛行機が飛んでよかった。もし飛んでいなければ、私とC嬢の二人でこのSさんの思いが詰まった旅程を辿《たど》らなければならなかったわけで、胸は痛むわ申し訳ないわ、でも旅自体はやっぱり楽しいわで、昔、祖母の葬式で久しぶりに集まった従兄弟《いとこ》たちのバカ話に爆笑して伯母《おば》に叱《しか》られた時以来の複雑な気持ちを味わっていたに違いない。

夕方には宿に到着。静かでゆったりしていて、なによりドリンクフリーの夢のお宿である。その飲んでも飲んでも補充される冷蔵庫を「養老の滝」と名付けて愛でつつ、ヱビスビール千本ノックなどを一晩かけて粛々と行う。

二月一日

朝風呂、朝ビールからはじまる一日。あまりに居心地がよすぎて、チェックアウト後も、いやだもうかえりたくないかえりたくないおばちゃんここでずっと暮らしたいよー！　とぐずる私をなだめるため、C嬢がフロントにかけあって、ラウンジを開けてもらう。バスを待つ間、そこで最後の養老の滝ビール。嫌な顔一つせず閉じた滝を開放してくれるとは、本当にいい宿だ。泊まっていたのは我々以外はしっぽりとしたカップルばかりで、彼らに「温泉も料理も素晴らしかったですが、はしゃいだおばさん三人組が雰囲気を壊していました。星を減らします」などとネットに書かれるんじゃないかというSさんの心配が現実にならないよう祈る。

昼は友人やC嬢の同僚M子嬢らを交えて、ビアホールでジンギスカン。仕事でたまたま来札中だったM子嬢は、わけもわからぬまま酒飲みの集団に放り込まれて気の毒だったが、意外と馴染《なじ》んでいたところに底力を

見た。

飛行機の時間が迫るSさんを見送った後は、さらに居酒屋へ。名残りのお酒を存分に飲み、もう十分かと思われたところで、C嬢の乗るはずだった便が雪で欠航となり、「よし！　とことん飲もうぜ」と三軒目のお店へ向かう。最終的にどれだけ飲んだか覚えていないが、夜中、でろでろになって別れたC嬢から「予約したはずのホテルに自分の名前がありません。ここどこー？」と悲鳴のようなメールが届いたのを最後にぷつりと連絡が途絶えた。大丈夫か、C嬢。

二月二日

「目が覚めたらホテルのベッドに倒れていました。部屋が異様に乾燥していて、水気の抜けた指先がシワシワです」と、温泉で養った英気をすべて失ったようなメールがC嬢から届く。何があったかわからないが、とりあえず無事でよかった。

午後からは父の付き添いで病院へ。これが整形外科なら「何か経営上の戦略があるのでは？」と疑われるレベルで玄関前の道がつるつるに凍っていた。早急になんとかした方がいいと思う。

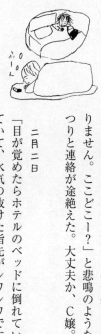

二月三日

札幌出張中の知人を囲んで、おばちゃんだらけの飲み会開催。しかしどんな話題もすべて、今現在、人生で一番のモテ期を迎えているというFさんのモテ話に収斂《しゅうれん》されていく。モテ期到来を待つ全国の皆様にその詳細をお伝えしたいところだが、

「●●と●●で●●●なんだけど、以前●●●●●●しちゃった」

「ええっ！」

と、大人の恋は様々な配慮によって意味不明な文章になってしまうのが残念である。

また、この日は私の「ヒンジが緩んで着信があるとひとりでに開くようになった便利なガラケー」も注目の的となった。自由にパカパカしたり、画面に触って画像を大きくしようとする人続出だったりと大人気であったが、まさかそれがガラケー最後の勇姿であったとは。帰宅後、不慮の事故により水没、あっけなくその生涯を閉じた。

二月四日

まだ二月四日。この調子でいくと今月の日記は二月半ばあたりで誌面が尽きてしまいそうだが、ヤケクソでもう少しガラケーの話をさせてもらいますと、昨夜の水没後「データを取り出すためには、絶対に三日は電源を入れてはいけない」とツイッターで多くの人にアドバイスをもらって、私もそのつもりでいたのですが、機種変更のために訪ねた携帯ショップのお姉さんが「ちょっと貸してください」つってぎゅうぎゅう電源を入れてですね、それで「えと、やっぱりダメですね」ということでしたので、データ取り出しも諦めまして、過去をすべて捨てた女として出直すことになりました。どうぞよろしくお願い致します。あと、お金使い過ぎて眠いです。

二月五日

母がオリジナルソングを歌いながら廊下を歩いている。

「♪バカは死ななきゃ治らない〜　死んでも治らぬバカもある〜　ららら〜　公子はどっち？」

どちらにせよバカ前提っすか。

二月七日

ためしにガラケーの電源を入れてみると、この世のものとは思えぬ不気味な音とともに起動はしたものの、操作がまったくといっていいほど利かない。勝手に次々と切り替わる画面を眺めながら、私の意思に添って自在に働いてくれた四年あまりの年月を思い出してしんみりする。今までありがとう。中に嫌というほど保存されている私の酔っ払い写真とともにゆっくり休んでください。それ二度と世に出さないで。

二月十日

ただでさえK嬢だらけの担当編集者にまた一人新たなK嬢が誕生！というわけで、東京から元祖K嬢と新K嬢、二人のK嬢がやってくる日。実は彼女たちはイニシャルだけではなく名字そのものが同じなので、実際に会った時にどう呼び分けるかが今日の最大の問題……ということは全然なくて、この日のハイライトは、元祖K嬢の「物心ついてから最初の社会的大事件はオウム真理教事件」発言。若いのは知っていたが、それにしてもオウム事件って一昨日くらいの出来事じゃないのか。そんな若い娘さんを私は毎月毎月原稿遅れて困らせていたのか。もう二度と〆

切を破らないと心に誓うべきか。いやそれは無理か。などと心は千々に乱れる。ちなみに新K嬢の物心ついて以降初大事件はチェルノブイリ原発事故で、私はあさま山荘事件。ご存じでしょうか……連……合赤……軍……と打ちひしがれながら二軒目のお店へ。そこで新K嬢が戯れにスマホのモスキート音アプリを起動した瞬間、元祖K嬢だけが「うわああ」と耳を塞《ふさ》いだのは、何の厭味《いやみ》コントかと思いました。

二月十二日

未練がましく電源を入れてみるも、ついにうんともすんともピカリともしなくなったガラケー。これのメモ欄には、大傑作となるはずだった私の仕事の思いつきがいくつもいくつも打ち込まれていたのに、世に送り出してあげることができずにたいへん無念です。なんつって。

二月十五日

家から一歩も出ずに仕事。夜中にはーとせんべいと、くまどり豆を食べる。

二月十六日

家から一歩も出ずに仕事。夜中に焼きうどんを食べる。

二月十九日

東京へ引っ越すMさんの送別会へ出かける。Mさんとは数年前、彼が若くして某文学賞の候補となった時に一度お会いしたことがあるだけで、どうして送別会に呼んでいただけたのかわからない。わからないのでとにかく隅っこの方でおとなしくしていようと思ったものの、この数年の間の彼の人生の波瀾万丈《はらんばんじょう》っぷりに耳を傾けているうち思わず身を乗り出してしまう。なにしろ二十代で結婚したものの半年で離婚、その短い結婚生活の実態とは？　離婚の原因となった奥さんのある行動とは？　そして最後に彼が下した驚きの決断とは？　みたいなことになっていて、ついにはまさきとしかさんと二人、彼の傷口をぐりぐり開いて、そこに塩を満遍なくすり込んだあげく、風にあてるふりをしながら「ほらほら見て見て」と皆を呼びこむようなことをしてしまった。申し訳なかった。が、Mさんも訊かれたことに馬鹿正直に全部答えている場合じゃないと

思う。

そして、そのような若者の人生とは別に、ついに老眼が始まったらしいTさんの「初めての老眼鏡を作った帰りに、ショックのあまり虫歯もないのにふらふらと歯医者に行ってしまった」話に胸打たれたりして、まさに人の心の複雑さを様々な面から味わう夜なのだった。

二月二十二日

明日の午後は光回線の工事の人がやってくるというのに、まあ、なんということでしょう、この散らかった部屋は。

二月二十三日

午後の工事が急遽《きゅうきょ》午前中に。思わず「まだ掃除機かけてないんですけど！」と訴えると、「大丈夫です、皆さん、我々が行ってから掃除機かけはじめます」と言う。本当だろうか。皆、工事の人の目の前でモデム周りの綿埃《わたぼこり》をずぼずぼ吸うのだろうか。それとも普通は埃なんてためないのだろうか。

工事の間中、なぜか母親が台所で熱唱。漏れ聞こえてくる歌声が恥ずかしかったが、「♪バカは死ななきゃ治らない〜」の歌ではなかったので、もうそれだけでいい気もする。

28  採尿戦隊ビョウニンジャー

二月二十四日

ネットを徘徊《はいかい》中、某有名バッグブランドと手塚治虫《てづかおさむ》『リボンの騎士』とがコラボイベントを開催するとの記事を見つけて動揺する。見ると、販売予定の数量限定バッグには、サファイア姫がきらりーんと描かれていて、もしやこれは幼稚園の頃、園指定の黄色い鞄《かばん》が嫌で嫌でたまらなくて「大人になったら自分のお金で、リボンの騎士の絵のついた幼稚園バッグを好きなだけ買おう」と心に決めた私のためのものではないかと、ドキドキしてくる。どうしよう。今となっては欲しくもなんともないが、もし私の願望が形となったのだとすれば、責任をとって買い取らねばならぬのではないか。というか今？　何で今？　私の想定していた「大人」はもっと若い大人だったのに？　神様が今頃思い出したの？　鈍くないか？　鈍いだろ、神様のくせに。と、半ばキレ気味で値段を見ると、とてもじゃないがそんなふざけた（いや真面目《まじめ》なんだけど）気持ちで買える金額じゃないことが判明。もう神様もさー、私をお金持ちにしてか

らこういうことしてくれないとさー、中途半端なこととされても困るのよねーと、何も見なかったことにしてブラウザを閉じる。

神様へ。お気に入りだったバンビ柄の傘が壊れた時も「大きくなったら大人用を買う」と思っていたけど、もう要らないので作らなくていいです。

二月二十五日

堅気の皆さんがお給料日だということを忘れて、スーパーのATMコーナーへ出向いてしまう。長い行列に並びながら、私のような暇人はド平日の午後、皆様のお邪魔にならないようにこっそり利用すべきであるのに、実に厚かましい真似をしてしまったと反省。その目の前で、二人連れの女性が壁の貼紙に目をやりながら「パレットプラザ閉店のお知らせだって」「パレットプラザって？　何だっけ？」「テナント？」「どこ？　何屋さん？」とささやき合っている。そこで罪滅ぼしの意味を込め「写真屋さん写真屋さん、薬局の並びにある写真屋さん」と念を送ったところ、直後「あ！　わかった！　写真屋さんだ！」と二人が声を揃《そろ》えたので、本当に私の心の声が届いたのだと思う。リボンの騎士バッグは実現するし、心の声は届くしで、私の超能力も来るところまで来た気がする。

二月二十七日
「パンケーキブームは既に去っている」との噂《うわさ》を耳にしてショックを受ける。そうだったのか。「ホットケーキとどう違うの？」と尋ねる勇気が出ないうちに、おまえは去ってしまったのか。

二月二十八日
来月の北陸新幹線開業に向けての盛り上がりに水を差すわけではないが、実は我が北海道新幹線も一年余り後には開通予定であって、まったくもって世が世なら、というのは今が昭和ならという意味だけれども、そろそろ『北海道新幹線音頭』の一つも完成していい頃合いであったろうに、と思いついたが最後、オリジナル新幹線音頭が止まらなくなり、
「はあ～待ちに待ってた超特急
暗いトンネル抜けてくる
遠い北国　今ではとなり

右も左も雪景色」
と適当に考えた歌を延々と口ずさんで一日を過ごしてしまう。我ながらいい昭和感が出たと上機嫌だったが、夜になって、新幹線開業という景気のいい曲に「暗いトンネル」というネガティブなイメージの歌詞はよくないのではないかと思い至り、かといって「明るいトンネル」では事実関係に重大な誤りが生じるであろうと迷い、ならば「長いトンネル」はどうかといえば馬鹿正直過ぎるうえに、その場合は抜けたらそこは「雪国」で、つまり到着するのは北海道ではなく新潟県になってしまうじゃないかと悩み、じゃあ思い切って「希望のトンネル」にするかと思うも、そんな小学生の文集みたいなことはやってらんないしで、結局、結論が出ないまま夜が更ける。ちなみに二番は、

「ウニにイクラにタラバガニ
　ごはんにのっけていただきまーす」

という歌詞にしてほしいとＪ社のＣ嬢からリクエストがあったので、そうすることにした。新幹線音頭、突然のグルメレポート化だが、かの名曲『石狩挽歌《いしかりばんか》』も、二番は急に小樽《おたる》観光地巡りみたいな歌詞になっていることを考えるとまったく問題ないと思う。

三月二日

友人からのメールに「今年は年賀状が二通も届いて嬉しかったよ」という一文を見つけておののく。知らず知らずのうちに、また老化への階段を一歩のぼってしまった。この階段は一体どこまで続くのだろう。

三月五日

半年に一度の乳がん検診の日。エコー検査の際、看護師さんに「ここでお待ちください」と言われたのが採尿室の前だったせいか、気がついた時には検尿カップを持った人たちが私の横にずらりと並んでいた。いつのまにか採尿戦隊ビョウニンジャーを率いる採尿リーダーのようになっている私。採尿戦隊ビョウニンジャー、それは全国すべての病院のトイレを「使用中」に偽装し、検尿システムの破壊を企てる悪の組織ハイッテマースから患者を守る正義の味方である。そのリーダーの役割は、何も知らず次々と尿検査に現れる善男善女に「今、空いてますのでどうぞー」とか「今、使っているのでお待ちをー」などとトイレの空き状況を伝えることであった……！

と、地味な採尿リーダーとしての務めをこなした後は、自分の検査と診察。診察は一時間半待ちという苦行であったが、となりで同じように待たされていた老夫婦が「人気のある先生なんだね」「腕も評判もいいんだね」「だけどこれじゃ予約の意味がないよね」「だいたい先生も一人の診察に時間かけすぎなんじゃないか」「病院側も金儲《もう》け主義で予約詰め過ぎだろう」と医師への賞賛から不満への転換を経て病院批判へと論調を替え、ついには「そもそも今の高齢化社会において我が国の病院の数が患者数に見合っておらず、十分な医療サービスを受けるためには相応の財力が必要な本格的格差社会に突入し」と天下国家を語り始める様などを見守って時間をつぶす。最後まで悪の組織ハイッテマースへの言及がなされなかったことは残念だが、組織の存在すら知らない善良な患者を陰ながら支えることが採尿リーダーの役割なので仕方がない。

三月七日

八十歳の知人の訃報に接し、「まだ若いのにねえ」と思わず口走った両親に、老化への階段の長さと複雑さを見る。

三月九日

今月末に行われる恵庭《えにわ》市立図書館でのトークイベント打ち合わせのために、ＪＲで恵庭方面へ。恵庭に行くのも十数年ぶりなら、ＪＲに乗るのも、もちろん最寄り駅を利用するのも久しぶりだったため、駅までの所要時間を読み違えて、列車に乗り遅れそうになる。必死に走るという行為すら二百年ぶりくらいで、駅に着いた時には汗だくかつ息も絶え絶え。とにかく冷たいお茶で水分補給を、と震える手で押した自動販売機のボタンは「あたたか〜い」で、もう何から何までイベントの先行きの暗さを示しているようにしか思えないのだった。

打ち合わせの場所は、恵庭にあるサッポロビール庭園のビアホール。そこで図書館の担当者お二人や、ラジオのパーソナリティもこなす司会の白崎亜紀子さんとお会いする。打ち合わせが進むなか、彼女たちから滲《にじ》み出てくる恵庭愛が興味深い。なかでも「恵庭は寒地稲作発祥の地である」「しかしとなりの北広島《きたひろしま》市も同じ主張をしている」「なんということか」「まったく油断も隙もあったもんじゃない」など稲作をめぐる熱い訴えに心奪われる。私も長く北海道に住んでいるが、恵庭と北広島にそんな遺恨があったとは全然知らなかった。どうやら当時の町境に発端

となった水田があったらしく、なるほど、何かを成し遂げようとする人は、曖昧《あいまい》な場所で事を起こしてはいけないと心に刻む。ちなみに家に戻ってからネットで検索したところによると、「寒地稲作発祥の地」の石碑は北広島に建っており、それでいいのか恵庭。押され気味ではないのか恵庭。

帰り際、ビールをすいすい飲んでいた担当者のKさんがタクシー代行を頼もうとして、「こんな早い時間にはやってません」とあっさり断られていたのが潔かった。

三月十二日

一日中仕事。

三月十三日

一日中仕事。

三月十四日

今日も朝から仕事。もう三日ほど外に出ていない。昼食後、猛烈に眠

くなって十五分ほどうたた寝すると、その短い間に、「幸せだった結婚生活を捨てて家を飛び出し、放浪生活の果てに再婚、しかしその相手は七人の子持ちで、おまけに昼はサラリーマン、夜は捕鯨船の船長という型破りな男だった——」という夢を見る。人は現実生活で欠けているものを、眠っている間に補おうとするのだろうか。

三月十六日

お母さんと息子さんの二人暮らしのご近所さんの家に、引っ越しトラックがやってくる。それを見た我が家では「息子さんが結婚する派」(母)と、「結婚した娘さん一家が同居に踏み切った派」(父)の間で意見が真っ二つに割れ、今にも賭け金が飛び交いそうなほど白熱した推理合戦が繰り広げられる。結局「ご主人の転勤で引っ越しが決まった娘さんが転居先に入り切らない家財道具を運び込んだ」が正解であることが判明したわけだが、その瞬間、どことなく拍子抜けして顔を見合わせる我ら一家に与えられるべき称号は「下世話」。先日、スマホの計算機アプリを開いたら、読みかけの外国小説の中で主人公が受け取った遺産が日本円でいくらになるかを計算した痕跡が残っていた時に与えられたの

と同じ称号。

三月十八日

父「今日はほら、お母さんの好きな『友達』の日だぞ！」
母「ああ『相棒』ね」
もしや私の超能力は母譲りなのか。

三月二十五日

いよいよ恵庭市立図書館でのトークイベントの日が近づいてきた。私も緊張しているが、友人のオタル先輩も緊張している。彼女は一昨年、千歳《ちとせ》市立図書館で開催された作家の宮下《みやした》奈都《なつ》さんとのイベントの際、札幌から列車を乗り間違えて逆方面の小樽にひとり着いてしまったという逸話の持ち主で、今回こそはと雪辱を誓っているのだ。が、下調べのために開いた地図が古すぎたらしく「恵庭の手前にあるはずの北広島市がありません……」と悲痛な呟《つぶや》きを漏らしている。果たしてオタル先輩は無事に恵庭に到着できるのか。そして私はちゃんと話をすることができるのか。不安は尽きない。

㉙ 育ち盛りの春

三月二十七日

恵庭市立図書館でのトークイベント前日。終わっているはずの仕事が終わらず、イベント準備も進んでおらず、どうしていいかわからない。夜中、何を思ったか、夕飯の残りの天麩羅《てんぷら》をひとり黙々と食べる。怪我をした野生動物が暗がりに身を潜めるように、カロリーが人を癒やすことを本能的に感じたのだろうか。

三月二十八日

トークイベント当日。今更じたばたしても仕方がないので、オタル先輩のことだけを考えようと思う。一昨年の千歳でのイベントの際には列車を乗り間違え、気がついた時には反対方向の小樽の地にぽつりと降り立っていたというオタル先輩。今回、雪辱を誓う彼女が無事に図書館に到着した時点で、このイベントはある意味成功なのだ。そう自分に言い聞かせ、どきどきしながら登壇すると、目の前にはオタル先輩の顔が。

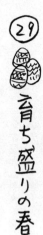

よかった！　これで安心！　勝ったも同然！　だったはずなのに、実際は司会者の白崎さん泣かせのオロオロっぷりで、東京から来てくれた元担当編集者のMっちに助けてもらってなんとか話を進める。私との出会いや担当時代の裏話などで華麗に場を盛り上げてくれたMっちは、イベント後の控室でも大活躍、読者の方からいただいたプレゼントの袋を、「ずいぶんたくさんですねー！　見てもいいですか？」と勝手に覗《のぞ》き込み、「ぜったい振るな」と注意書きのあるお酒を振っては「ああっ！　漏れました！」と無敵なのだった。

　夜は、毎年この時期に開かれるストーブ祭りに参加するため、Mっちとともにハマユウさん宅へ。ストーブ祭りとは、「ハマユウさんがこの冬に買った灯油を消費しきるまで、皆でひたすらストーブを燃やしつつ酒を飲む」という天下の奇祭である。下手すりゃ五月にも雪が舞うこの地でなぜこんなに早く灯油を使い切る必要があるのかはよくわからないが、祭りとは我々平凡な人間の思惑とは異なる理屈で執り行われるものなのだから仕方ない。ぬくぬくした部屋でビールを飲んだら、猛烈な眠気に襲われ早々に退散する。Mっちを置き去りにしてきたけど、まあいいか。

三月二十九日

お昼前にMっちと待ち合わせて、札幌競馬場へ。札幌勤務のMっちの同僚、Yさんに誘われて「お酒を飲みながら競馬を見る会（うろ覚え）」に参加するのだ。タクシーの運転手さんに「頑張ってね！」と見送られたが、頑張ろうにもMっちと私、実はどちらもレースの見方も馬券の買い方も知らない初心者である。「来賓席で酒を飲みつつ競馬が見られる」という言葉に惹《ひ》かれた完全なる物見遊山なのだが、到着してみるとこれがなんと一番乗りで、ものすごく張り切っている人みたいになってしまった。妙に静かな来賓席で二人、「ど、どうする？　万馬券当てて億万長者になったら何買う？」などと、もじもじ小声で語り合う。私はやっぱり家かなあ。

その肝心のレースは、お酒が入ったせいもあって、わりと早い時期になにがなにやらわからんようになってしまったが、とりあえず家は買えないことはわかった。あと、廊下に落ちていた十万円分の馬券に大人の本気を見たことと、水産会社勤務だというO野さんが蟹《かに》の剝《む》き身をたくさん持ってきてくれたのに大喜びしたのも覚えている。O野さん、お名前を出していいと仰《おつしや》った気がするけど、念のために伏せ字にしてみました。ちゃんと伏せ字になっていますでしょうか。

三月三十日

昨夜の帰宅後、ストーブ前で寝てしまったのが悪かったのか、膝《ひざ》のあたりをいつのまにか火傷《やけど》をしていた。ついこの間も飲んで帰ってきて太ももをストーブの縁で火傷したばかりだというのに、またやってしまった。以前は酔った時の怪我は青あざが定番だったが、この冬は火傷がトレンド。どんどん死に近づいている気がする。

四月三日

突然「イースターを楽しみましょう」とテレビに呼びかけられ、ついにここまで来てしまったかと胸がざわつく。なるほど、やつらにとって好機といえば好機だ。長い年月をかけ、師走《しわす》の慌ただしさと物悲しさにつけ入るような手段でクリスマスを定着させた後、次なる斥候《せっこう》として差し向けたハロウィンが仮装とカボチャとネズミの国の三段攻撃で思いのほかいい仕事をし、気をよくしたところでやや色合いの異なる春節《しゅんせつ》を

数を頼みに思い切って投入、これが急激に幅を利かせつつある現状を目にして、敵もいよいよ勝負に出たのだろう。ここに来てのイースターの送り込み。復活祭、と日本語で言われてさえも「はあ、お達者なことで」と答えるしかないそれを広め切った時、やつらの「日本わけもわからず一年中お祭りばかりしているあほうの国化計画」が達成されるのだ。事は既に最終段階。案の定、一部メディアが「イースターといえば卵。さまざまな卵料理を紹介します」などと言い出し、「え？　イースターエッグってそういう意味だっけ？」と混乱を引き起こす作戦を展開し始めている。「お寿司でハロウィン」さえ数年かけての登場だったことを思えば、敵の強気な姿勢に恐怖を覚えるばかりだ。

四月六日

毎年のことなのに、いつ車のタイヤを夏用に替えたらいいのかがわからない。面倒になってツイッターで尋ねてみたら、「替えた派」と「替えていない派」がちょうど半々くらいで、ますます決められない。小路《しょうじ》幸也《ゆきや》さんが「来週末に交換予定です」と仰ったので、私も先輩に従うことにする。

四月九日

と思ったけれども、一度タイヤのことを考えてしまうと、なんだかそわそわして落ち着かない。結局、来週末を待たずに取り替えてもらうことにする。代金を受け取る時より、野菜や果物のおすそ分けをした時の方がなぜか嬉しそうで、「もしや人のいい狸《たぬき》が人間に化けたまま戻るに戻れず自動車整備工場を始めたのでは？」と密《ひそ》かに疑っている社長は、今日もにこにこ穏やかに車を点検してくれた。「どうしてスコップ積んでいるの？」と尋ねられたので、「もしドライブの途中でうっかり人を殺してしまったら、山に行って埋めなきゃならないから。でも一人で穴を掘れるかどうか不安なのです。特に冬」といつもどおり答えようかと思ったが、物騒な話に驚いて狸に戻ってしまっては困るのでやめておいた。

四月十一日

統一地方選挙の投票を明日に控えて、選挙カーがひっきりなしにやってくる。借金癖のある知人がよく口にしていたのと同じ「最後のお願い」を大音量で連呼。それだけでも気が滅入《めい》るというのに、「もう明日はないんです」「私に明日はないんです」「最後です」「今日で終わりです」「お力を貸してください」「最後です」と、まさしく借金で首が回らなくなって人生に絶望したあげくの一家心中前夜の人みたいなことまで言い始めた。思わず「一万円あげるから帰って」と頼みそうになる。

四月十三日
東京から友人のまーI君が来札。今まで私の使っていたガラケーを見るたびに「それもう壊れてるって」と呪《のろ》いのような言葉を吐いていた彼であるが、今回はスマホへの機種変更を寿《ことほ》いでくれる。データが全部消えた私に、二年ほど前に一緒に撮った写真まで送ってくれた。ありがとう。でも、その写真の私が今より痩《や》せていて憎いのよ。太った私も憎いが、「育ったんだね」というまーI君のコメントも憎いのよ。

四月十五日
以前から調子の悪かった冷蔵庫のドアの動きがいよいよ不穏だ。具体的には「野菜室を勢いよく閉めるとその反動で冷蔵室のドアがぱふんと

開いて、そのまま閉まらずセンサーがぴーぴー鳴る」という事態が出《しゅっ》来《たい》するようになった。電器店に電話をかけると修理の見積もりに来てくれたが、その人が言うには「ふつうです」。つまり野菜室を閉めると冷蔵室のドアが開けっ放しになってセンサーが鳴るのは「ふつう」のことなのだそうだ。そんなバカな。が、何度確かめても「冷蔵庫はそういうものです」と言うばかりなので「見積もり料金あげるから帰って（大意）」とお引取り願う。その後、ふつうだけれどぴーぴー鳴る冷蔵庫で冷やしたお茶を飲み、怒りを落ち着かせていると、帰ったばかりの彼から「冷蔵庫はふつうですがドアの部品が壊れているかもしれないので、後日交換に行きます。本来なら保証に該当しない部品ですが無料で交換します。見積もり料金も返します」と、突然の低姿勢での電話がある。なぜだ。メーカーに問い合わせる気満々だった私の怒りが時間差で届いたのだろうか。全面勝利に戸惑いながら、お茶の続きを飲む。

四月十六日

補聴器の調子が悪いと言う母を連れて、いつものメガネ屋さんへ。ついでに私も仕事用のメガネを一つ作りましょう、もう目までよぼよぼに

なってきたのですよ、よぼよぼ。と思いながら一番安いメガネフレームをがーっと取って、「これにします！」と高らかに宣言。お店のお姉さんに度数の調節をしてもらっている最中、彼女から「北大路さんですよね。本読んでます」と言われて腰が抜けそうになる。どどうしてわかったのというか、人間どこで誰に見られているかわからないというか、いい服着て行けばよかったというか、高いメガネ買えばよかったというか、せめて迷うふりくらいすべきだったというか。

四月十七日

ツイッターで小路さんから「タイヤ替えました」との報告あり。「実はとっくに替えました」と言えずに固まる。

四月二十一日

通院日。先月、薬が替わってから身体《からだ》が浮腫《むく》んでいるような気がするので、先生に尋ねたところ、「副作用というよりは……太ったんじゃないですか？」とのありがたいお言葉を頂戴《ちょうだい》する。「……」の微妙な間に「思いやり」と名前をつけて診察室を後に。通りかかった小児科待合室では、テレビのアンパンマンを前に、恐ろしいほど前のめりになった子供たちを目撃。「バイキン！　メーン！」というラッパー風の掛け声がなぜか胸に突き刺さる。

四月二十三日

お医者さんに「太ったのでは？」と言われた私と、「水分たくさん摂《と》ってね。でもアルコールは水分じゃないからね。間違えないでね。違うからね」と念を押されたという麦ちゃんと、二人でビールをたらふく飲む。合言葉は、太って脱水。

四月二十五日

知床《しれとこ》半島の海岸線隆起のニュースを観る。原因不明だと騒いでいるが、このまま少しずつ隆起の範囲を広げていって国後島《くなしり》をなし崩し的に呑《の》み込もうとしているに決まっているじゃないか。平和的北方領土奪還。なぜ誰も気づかない。というかもしや国家機密なのか？

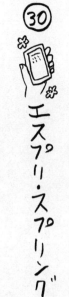

30 エスプリ・スプリング

四月二十八日

毎日毎日、風呂が遠い。物理的には部屋から十数歩のところにあるのだが、今からパソコンの前を離れて布団敷いて着替えを用意して脱衣所に行って服を脱いで湯加減をみてシャワーの温度を調節して身体を洗って……と考えた時の心情的な道のりが果てしなく遠いのだ。どれくらい遠いかというと、まず、都会に憧れた少女が十七歳で故郷を飛び出し単身上京。芸能界を目指すもコネもツテもない身ではどうにもならず、挫折した心を抱えながら生活のために夜の世界に身を投じるのである。だが、人生とはわからぬもの。そこで思いがけず頭角を現した少女は、自分でも驚くほどのスピードでナンバーワンホステスに昇りつめる。私の生きる場所はここだったのね。夜の世界で生きる決意をした彼女を、しかし運命は再び弄《もてあそ》ぶ。客としてやってきたヤクザの組長が彼女を見初《みそ》めたのだ。店を辞めて組長の情婦となった彼女。最初は戸惑うことも多かった極道の生活だが、「姐《あね》さん」「姐さん」と慕ってくる若い衆にも支

えられ、それなりに幸せな日々を送る。あっという間に月日が流れた。田舎《いなか》の少女だった彼女も、気がつけば四十代。そんなある日、情夫である組長が抗争に巻き込まれて命を落とす。あっけないその最期を彼女は、彼と過ごしたマンションで聞いた。涙は出なかった。いつかこんな日が来る予感はしていた。一人ベランダに立ち、眼下に広がる夜景を見つめながら、なぜか彼女は家を出た日のことをふいに思い出す。夜行バスの野暮ったいカーテン。その隙間から眺めた故郷の暗い夜道。後ろに流れる街灯。窓に映る十七歳の自分。彼女はそっと呟く。

「ずいぶん遠くへ来てしまった……」

と、その彼女の過去と同じくらい遠いのだ、風呂が。たどり着けるとは思えない。

五月二日

かなり前からご近所の物置のトタン屋根が剝《は》がれかけており、風が吹くたびに大きな音を立てる。はじめのうちは巨人が百科事典のページをめくるようなパラパラとした音だったのが、風に煽《あお》られて徐々に傷みが進み、今では奈良の大仏がでんでん太鼓で遊んでいるような激しい音が

する。今日は大仏さま、一段とでんでん太鼓に夢中らしく、うるさくて昼寝もできない。太鼓の代わりにDS買ってあげるから、それで静かに遊んでくれないものか。

五月三日

連休中、泊まりがけで遊びに来ている姪から突然ジャニーズクイズが出される。

姪「SMAPって何人か知ってる?」
私「ご……よ、四人! 四人!」
母「違うよ、五人だよ」
姪「じゃあ、嵐《あらし》は何人か知ってる?」
私「えーと……六人?」
母「それも五人だよね」
姪「じゃあ関《かん》ジャニ∞《エイト》は?」
私「それはわかる。エイトってくらいだから八人でしょ?」
母「残念! 今は七人!」
姪・私「ば、ばあちゃん……何者?」

五月四日

夜、飲みに出ていると妹から「今どこ？　カギ掛けて寝ちゃってい
い？」とのメールが届く。ちょうどタクシーに乗り込んだところだった
ので、「わたしキミちゃん、いまタクシーに乗ったところ」「わたしキミ
ちゃん、いま国道渡ったところ」「わたしキミちゃん、いま最後の角を
曲がったところ」「わたしキミちゃん、いま家の前」「わたしキミちゃん、
いまあなたの……後ろ……」とメールを送りながら帰ったら、
「怖いんだって!!」
と半ば本気で叱られる。姉のエスプリ、妹には通じず。

五月五日

覚えのない青あざが脛《すね》にできて、ぽっこり腫《は》れている。飲んだ次の日
の勲章として、飲酒紫綬褒章《しじゅほうしょう》と名付ける。

五月八日

お昼ごはんを食べている最中、母から、

「お母さん、最近関ジャニ∞が好き過ぎて困るわー」

との突然の告白を受ける。どう答えていいかわからずうろたえていると、「ミーハーって呼んでいいんだよ」と言われたので、とりあえず従ってみる。

「ミ、ミーハーさん」

「なあに?」

会話が続かない。

五月十日

毎年恒例の花見の日。しかし今年は桜の芽をカラスが食べてしまったとかで、ほとんど花が咲いていないらしい。かつて最強の雨女と謳《うた》われた花見メンバーのボウさんは、最近は天気ばかりではなく、訪れる先々の店を臨時休業させ閉店させメニューを変更させる力を持つ「空と時を司る女神さま」として我々の尊敬を集めているが、ついに山の桜までをもその支配下に収めたのかもしれない。

結局、行き先を小樽に変更。天気は晴れ、海は美しく輝き、お目当ての店でお目当てのランチも無事に食し、さすがの女神さまも八千本とい

われる山の桜相手に力を使い果たしたかと思ったのもつかの間、帰りに寄った餃子《ギョウザ》の店がまさかの臨時休業、やはり女神さまの力は底知れないのだった。
その後、再びの予定変更でタイ料理店へ。辛いものが苦手な私であるが、最近大人になった気がするので「辛さレベル2」のトムヤムクンを注文してみたところ、一口飲んで激しくむせ、涙と鼻水で死ぬかと思った。女神さまの偉大さと私の弱さが浮き彫りになった春の遠足。シンハービールだけが私のひりひりの舌を癒やしてくれた。

五月十一日

妹にメールしようとスマホを開くと、先日自分で送った「わたしキミちゃん、いまあなたの……後ろ……」の文字が目に飛び込んできて、思わず「うわっ」と振り向いてしまう。私のエスプリ、私にも通じず。

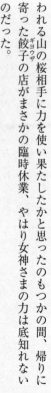

五月十二日

脛にある飲酒紫綬褒章が黄綬《おうじゅ》褒章へと変化してきた。いつ、どこへ、どんなふうにぶつけたのかもわからないまま、もうすぐ完治するのだろう。

五月十三日

録画していた横綱白鵬《はくほう》の密着番組を観る。画面の中にはピンポン球みたいに小さく見える蜜柑《みかん》や、かと思えばフランスパンみたいに巨大なスニッカーズを食べる横綱。お相撲さんの子供の頃の集合写真には、小学生の中に一人だけ明らかに縮尺の違う人が交じっているような違和感を受けることが多いが、土俵から下界に下りたお相撲さんの周りもやはり縮尺が奇妙なことになっている。それにしてもあのスニッカーズ、横綱が持ってあれなら実際はどんなだ。もしやお菓子に見せかけた丸太か。

五月十四日

J社の担当編集者C嬢が「台湾まぜそば」なるもののレトルトを送ってくれたので、友人の麦ちゃん宅でそれを食す。ビールを飲みながらでもあるし一人前は多いかなと迷ったが、いやいや大人なんだからとそこは果敢に挑戦。初めての味でとても美味しかったが、案の定、身動きがとれないほど満腹になってしまう。そのまま討ち死にのようにバタリと

倒れて、一時間ほど爆睡。その後、「よく眠れた？　また来てね！　眠くなったら来るんだよ！」と麦ちゃんに送り出され、寝ぼけたまま帰宅する。それにしてもC嬢、「麺の後で追い飯するのもたまらんですよ！」と何気なく言っていたが、今から思えばあれはとてつもない発言だった。これのどこにご飯の入る余地があるというのだ。

五月十五日

母が唐突に「部屋出る部屋」と言い出す。むろんこれは家出の決意などではなく、先日列車脱線事故が起きたアメリカの「フィラデルフィア」のことだとすぐに気づいたおのれの後期高齢者扱い能力の高さに惚《ほ》れ惚れする。「ヘア出るヘア」などと、シモ関係に走らなかったところも評価したい。

五月十六日

洗面所の排水管が詰まり気味で水の流れが悪いのを父が修理すると言う。我が家に脈々と流れる呪われた不器用の血を忘れるのか、父は時々そういうことを言い出すのだ。止めても仕方がないのでそっと見守る。

奮闘すること三時間、途中「床に穴を空ける」などとわけのわからないことを宣《のたま》ったあげく、なぜか下半身ずぶ濡れになった父が「来週、職人さんに来てもらう」と敗北宣言をして終了。母と三人でずるずると昼ごはんのラーメンをすする。不器用でも箸《はし》は使えるからいいんだ。

五月十七日
数ヶ月前から歩くと違和感のあった足の裏。魚《うお》の目かタコでもできたのかなと思っていたがそんな気配はなく、けれどもどんどん腫れてきている。これは一体何でしょう、そうだこんな時のためのインターネット、と早速検索をかけるとそこには「加齢」の文字が。無言でブラウザを閉じる。

五月十八日
洗面所の掃除をしている最中、私を排水管修理の職人さんだと勘違いした母に、「ご苦労様でございます。わざわざありがとうございます」と本気のよそ行き声で話しかけられた。生まれて初めての体験に胸が高なる。どどどどういたしまして。

五月二十七日

足の裏の腫れが治まらないので、まあ加齢でもなんでもいいやと病院へ。レントゲン撮影の結果、「数ヶ月前、足の裏の骨に何かの拍子で負荷が加わり、それをかばっているうちに周りの筋肉や関節が炎症を起こしているのではないか」という診断がくだる。

「冬、雪かきしますか？」

「します」

「たぶん、それですね」

なんと！　冬の間にあれだけ私を憂鬱《ゆううつ》にさせていた雪かきが！　春になっても！　花咲く春になっても！　私を苦しめるとは！　憎い！　この雪への怨念《おんねん》にも似た思いを長大な抒情詩《じょじょうし》「ホワイト」に込め、ゆくゆくはそれを全十三章の歌詞として仕立てあげて関ジャニ∞に歌ってもらい、高橋ジョージに参ったを言わせた後に、母親にCD買わせたいくらい憎い！

五月三十日

姪の小学校最後の運動会。六年間続いた早朝の場所取り合戦も今年でおしまいということで、寂しさよりはほっとした気持ちが強いが、三月に卒業したばかりの中学生が、「へー。まだあの得点板使ってるんだ。うちらの時と変わってないねー」と去年のことをまるで私の風呂と同じくらい遠くに言う先輩風には、もう一度くらい吹かれてみたい。

㉛ 六月よ、どこへ行く

六月一日

昨夜から突然タブレットの充電ができなくなってしまった。電子書籍を読むのとゲラのチェックにしか使っていなかったのでまあいいかと思ったが、ゲラのチェックに使うというのは仕事に必要ということなので、冷静に考えれば全然よくないのであった。どうも私には仕事にまつわる問題を無意識に過小評価する癖がある。

慌てて行ったネット検索で、「修理にかかる日にちは二週間ほど」「代金は二～三万円」「パソコンからの充電が可能な場合があるが、できたとしても電圧が弱いのでほとんど役には立ちません。残念でした」との情報を得る。時間はかかるし高いし残念だしで、いい知らせが一つもない。

どうしたらいいかわからないまま、とりあえず朝から外出。来月、更新を迎える生命保険が「あんたおばちゃんだから更新後の保険料はすんげー高くなるから！」と言い出したので、見直しの相談に行かねばなら

ぬのだ。軽い気持ちで出かけたものの、収入に関する質問を受けるたび「今はこれくらいですが、明日突然仕事が全部なくなるかもしれません」と答えているうちに、もう私には夢も希望も収入もないのだと、どんどん暗い気持ちになる。そうだ、せめて貯金をしよう。今日から爪に火を点《とも》すようにしてコツコツお金を貯めよう。無駄遣いも衝動買いも一切やめよう。一円を笑う者は一円に泣くのだ。そう決意して店を出て、そのままふらふらと電器屋に寄って新品のタブレットを買ってしまった。言うこととやることを一致させる装置があれば、それも買いたい。

六月二日

やせたい。（とこの日の日記には一行だけ書かれている。一体何があったのか知りたいところだが、自らを守るために記憶が消されているらしく、何も覚えてはいない。ただ、叩《たた》きつけるような乱暴な文字に心の傷の深さを見るのみである）。

六月三日

急な土砂降りの中、姪がまさに濡れネズミという感じでやってきたの

で、私の服を一式貸し与えて着替えさせる。ついこの間まで子供サイズのアンパンマンやポケモンの服を着ていた姪だが、今や私の服でもさほど問題がない。赤ちゃんだ赤ちゃんだと思っていたけれども、あっという間に大人に近づいているんだなあ、そしてその分私は年老いて、きっともうすぐ死んでしまうんだなあ、でもそれでいいのだ、それが人の世、人が生きるということなのだ……という感慨にふけろうと思っていたのに、姪が身につけた自分の服のダサさに目を奪われてそれどころではなくなる。そ、そうですか。傍《はた》から見るとこんな格好で私、街を歩いておりましたか。どうもすみませんでした。

六月五日

順調に初夏に向かっているかと思いきや、いきなりの寒さに見舞われる。茶の間のストーブに点火しつつ、昨日嬉しそうに「ストーブにカバーを掛けて夏支度完了！」とツイートしていたオタル先輩を思い出す。今頃どうしているだろう。掛けたカバーをそっと外して、再びストーブのスイッチを入れているだろうか。いや、なにも責めているわけではない。むしろそうしてほしいのだ。この寒空の下、自身の言葉に縛られ、

カバーを掛けたストーブの横で震えている人がいると想像するだけで胸が痛む。我々人類は、早まった夏支度で風邪《かぜ》をひく悲劇から世界を守らねばならぬのだ。

六月六日
などと言っている自分が風邪をひく。喉が痛い。

六月七日
喉の痛みに加えて咳《せき》が激しくなる。

六月八日
喉の痛みと咳に加えて鼻水がだだ漏れはじめ、最後はひどい鼻声に。去年しつこい風邪をひいて以来、ただでさえ声の調子が悪く、それまで鈴を転がすような美しい声の持ち主だったのが、意地悪な魔法使いのばばあのような、あるいは催促の電話をかけてきた担当編集者さんに「寝てました？」としょっちゅう濡れ衣《ぎぬ》を着せられるようなしわがれ声になってしまって悲しんでいたというのに、さらにこの仕打ちである。病院で処方された薬を飲み、トローチをせっせと舐《な》めるも、改善の気配は見えない。しょんぼりうなだれていたが、しかしピンチの中にこそビジネスチャンスは眠っているのだと気を取り直す。手始めに、仕事や学校をずる休みしたい人にこの鼻声を売るのはどうだろう。一声千円。体調の悪い演技をせずとも、電話口で一言「あのう……」と呟いただけで、相手は「あ、風邪でお休みですね」と下《しも》の句を言ってくれるに違いない。高い品質を誇る鼻声を個別に届けるシステムを構築し、台詞《せりふ》のバリエーションも豊富に取り揃える。早期の実用化を目指したい。

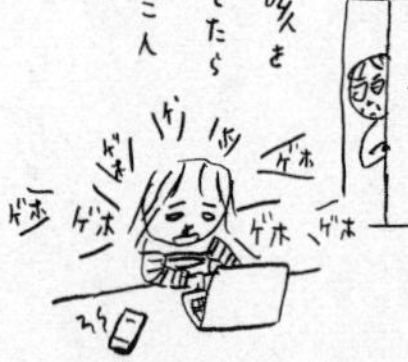

六月九日

「咳をしたら三人」（たとえたった一人の闘病生活のように見えても、咳をした途端まるで自分が三人に増えたかと思うような喧《やかま》しさを実感することにより、おのれは他者であり、他者もまたおのれであるのだという人生の真理を詠《よ》む）。

六月十日

喉の痛みと咳と鼻水と鼻声に加えて、口内炎が六ついっぺんにできて

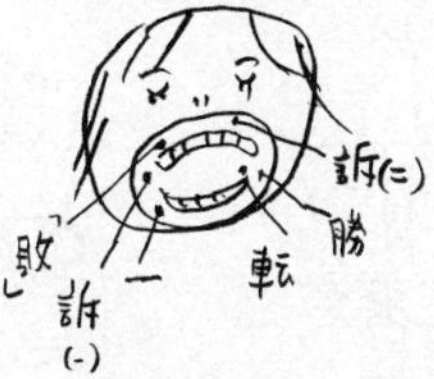

いる。三つの場合は「不」「摂」「生」、四つなら「自（一）」「業」「自（二）」「得」と名付け、口内炎を自らの生活態度を反省するよすがとしてきた私であるが、さすがに六つというのは初めてで戸惑ってしまう。もうどこをどう反省したらいいのかもわからないので、結局、「敗」「訴（一）」「一」「転」「勝」「訴（二）」と名付けることに。どんな風邪もいずれは治癒の時を迎えるのだと信じる気持ちを込めてみた。

六月十一日

喉の痛みと咳と鼻水と鼻声と口内炎に加えて、匂いと味がわからなくなってしまう。今なら大嫌いなトマトとチーズも食べられる気がするが、落ち着いて考えると別にそうまでして食べたいものでもないのだった。

六月十二日

夕方からはS社の編集者T嬢、夜は友人三人と、東京からやってきたお客人をお迎えする日。でも、ずるずるの風邪の私。本当は美味しいものを食べながらばりばり仕事の話をし、さらに美味しいものを食べながら来月から仕事で外国に行ってしまうI君をばりばり送別するはずだ

ったのに、何を食べても飲んでも味がわからないのでとても悲しい。お酒もあまり進まず、珍しく半素面《しらふ》で宴席にいた結果、酔っぱらいがいかに同じ話ばかり延々繰り返すかを身をもって知ることに。なるほど今度から私も気をつけなければ……とは一切思わず、早く完治してこのぐだぐだの無限ループに加わりたいと切に願う。なかでも東京組のあっちゃん先輩が日本酒のメニューを睨《にら》みながら、「えーと、五行目まで飲んだから、次は六行目のこれくださーい」とお酒を銘柄ではなく「行」で語っていたのが印象的で、元気になったら、私もやってみたいと思う。

六月十三日

ここのところ無味無臭だったトローチに微《かす》かに味が戻る。思わず「ト、トローチ！」と水を初めて理解したヘレン・ケラーのような声をあげてしまう。でも不味《まず》い。

六月十四日

トローチの味の復活から一日、私はまた新しい人生の真理を一つ発見した。「味は不味いものから戻る」。今日は失敗したお味噌汁《みそしる》。

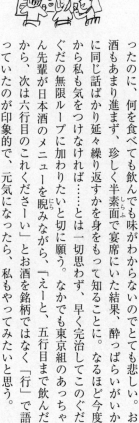

六月十五日

昨年の夏、一緒に行った奥尻島《おくしり》の旅で、防波堤から転落して重傷を負ったイワモっち。この一年、「僕のあの旅はまだ続いています。次の旅を無事に終えて初めて輪は閉じるのです」と思春期の少年みたいな台詞を口癖としていたが、その次の旅をいよいよ来月に控えたところで東京への異動が決まってしまった。今日はそのイワモっちの送別会。旅の輪を閉じぬまま北海道を離れる彼を、せめて北海道らしい雰囲気で送りだそうとまずはテレビ塔下のビアガーデンへ向かったものの、風が冷たく気温も低く「こ、これは、と、とにかく一杯だけ飲んで、ど、どこか暖かいところへ」と、当初の思惑《おもわく》とはまた違う意味で非常に北海道らしいのだった。震えながら、いつかイワモっちの旅の輪が無事に閉じることを祈る。関係ないけど三軒目で合流したTさん、相変わらず糖質制限ダイエットがうまくいっているようで憎い。

六月十六日

国保の納入通知書が届く。毎年、通知書を手に「絶対病気しないから

保険料もっと安くして！」と天に向かって叫ぶことを恒例としているのだが、今年は未《いま》だ売りに出したいほどの鼻声であり、その声で「病気しないから」と口にするのは、さすがの私も躊躇《ためら》われる。ひょっとするとこのしぶとい風邪、国家の陰謀かもしれない。

六月二十二日

夏至《げし》。季節は着々と冬に向かっている。つらい。

六月二十三日

朝の三時半にふと目覚める。窓の外は既にうっすら明るいが、夏至が過ぎたということは、これからどんどん日が短くなるのだと布団の中で悲しみに暮れているうちに二度寝。悲しいのに呑気《のんき》な人みたいになって、それもつらい。

それにしても風邪が治らない。あまりに長引くので、午後から耳鼻科へ。そこでもやはり風邪だろうということで、鼻にうにうにとあんなことをされたり、喉にぐりぐりとこんなことをされたりする。かなりのダメージを受けよれよれと診察室から出ると、見知らぬお兄さんが「い、

痛かったですか?」と怯えた子犬のような目で尋ねてきたので、万感の思いを込めて無言で頷《うなず》いておいた。

六月二十五日

裏口から出入りすると必ず帰り道がわからなくなる銀行へ行く。今日も駐車場を出て、来た道をそのまま戻ったつもりが、なぜかぐるりと回ってもう一度駐車場に、という目に遭った。対処法はただ一つ、「こっちだ」と思うのとわざと逆方向に角を曲がるしかないのだが、それがなかなか難しい。人は過ちを犯す生き物であると同時に、その過ちを犯す自分を信じる生き物でもあるからだ。人は弱い。そして我々方向音痴は、その弱さを身体で知る選ばれし者たちなのだ。焦ることはない。いずれ世界は我々の偉大さに気づく。その日のために、敢《あ》えて道なき道を我々は行くのだ。

という理屈を考えたので、方向音痴の人はどんどん使ってください。

32 行け、ボンネットボコボコ号

六月二十七日

パッとしない日が続いている。

もうすぐ七月だというのに気温は上がらず、長引く風邪は未だ治らず、意を決して受診した耳鼻科の処方薬で胃がやられ、身体は浮腫み、ついでといってはなんだが、仕事もたまっている。一体これは何なのだ。昔、祖母の家に通りすがりの虚無僧《こむそう》が突然現れて、「この家は霊の通り道じゃ。今すぐ引っ越すか、もしくは家の四隅に毎朝盛り塩をせよ。さもなくば近い将来、一家に災いが降りかかるであろう」（大意）と言い放って去って行ったそうだが、ひょっとするとそういった類《たぐい》の災いなのか。が、仮にそうだとしても今の私にできるのは、ただ淡々と日を送ることだけ……と、いつものように家族の寝静まった深夜、ビールを飲みながら録画したドラマをひとり観ようとしたら、なぜかリモコンが見当たらない。最後にテレビを観ていたのは母だが、まさかこの夜中に年寄りを起こして「リモコンどこ？」と訊くわけにもいかず、ああ、こんな些細《ささい》

な楽しみも許されない私は一体どんな悪事を働いたのか、もしや前世で人でも殺したのか、これはその祟《たた》りなのか、とがっくり膝をついた次の瞬間、なんと奇跡のタイミングで母がトイレに起きてきたではないか。神はいる。しかも私の味方だ。殺人犯から一転、堤防の穴を腕で塞いで大波から国を守った英雄のような気持ちになってリモコンの在処《ありか》を聞き出し、無事にドラマを視聴。風邪も治る気がしてきた。それにしても、「通りすがりの虚無僧」という言葉の非現実感がすごい。自分で書いておきながら、そんなやついるのかよと思った。

六月二十八日

友人のY姉妹宅で恒例の肉祭り。私たち北の民は、短い夏の間にこうして肉を焼き、酒を飲み、太陽の光を浴びて光合成をしないと冬を越せずに死んでしまうのだ。なんという悲しい性《さが》であろうか。だが、今日は気温が低く、天気も今ひとつすっきりしない。これでは夏のバーベキューというより単なる「寒空の下で震えながら酒を飲む阿呆《あほう》の会」になってしまう。あれは見る者に「そうまでして」と思わせる点で非常に痛々しい北海道の風物だが、もしや我々もそうなってしまうのか……との危

惧は、しかし颯爽《さっそう》と半袖姿で現れたオタル先輩により杞憂《きゆう》に終わった。どんなに肌寒かろうが、一人でも半袖の人がいればそこは眩《まぶ》しい夏。別名「ストーブ早仕舞いのオタル」と呼ばれる彼女の夏への積極姿勢のおかげで、我々は安心してビールを飲み、肉を食べ、炭火で存分に暖を取ることができたのだった。

また、今回は友人の一人が家族連れで参加。はじめモジモジしていた三歳の息子さんが、最後はウルトラマンなんとかに変身して地球をずっと守っていてくれたのが心強かった。

六月三十日

奥尻島だとばかり思っていた今週末の小旅行の行き先が、利尻《りしり》・礼文《れぶん》島だということを知って大変驚く。同行する寿郎社《じゅろうしゃ》のコパ社長とハマユウさんに、何から何まで任せきりにしているからこういうことになるのだ。もし彼らが悪の組織の一員で私をどこか遠い国に売り飛ばすつもりでも、これでは現地に到着するまで気づかないではないかと反省するが、こんなおばちゃん売ろうにもどこも買ってくれないと我に返って反省を取り消す。ほっといて。

七月四日

その利尻・礼文島へ出かける日。しかし、出発時刻の午前五時を過ぎても、コパ氏がなかなか現れない。結局、到着は三十分後となった。聞くところによると、数日前にぶつけて塗装の剝げたコパ号のボンネットにガムテープを貼って、見栄えをよくしてくれていたのだそう。「最初、普通のガムテープにするつもりだったんだけど、それじゃあんまりかと思って車と同じ色にしてみました。ほら、一瞬わかんないでしょ？」と問題箇所を披露してくれる。なるほど確かに青い車体の青いテープは目立たないものの、しかしそれはどちらかといえば、きちんと閉まらなくなって中の具が見えているボンネットの形状変化の方に気を取られるからであり、むしろ歯が痛い時に頭を殴って歯の痛みを忘れる的な話なのだった。

走行に関しては問題なしということで、コパ号改めボンネットボコボコ号で稚内《わっかない》へ。港に車を置いて船で礼文島へ渡る。どんよりとした天気で、海も空も灰色。気温も低い。フェリーに同乗していた本州からと思しき観光客がダウンジャケットを着ているのを見て、「いくら北海道

でも七月にあれはないわ。バカにしてもらっちゃ困るわ」と思っていたが、後に島のスコトン岬で彼らと鉢合わせした時は「七ヶ国語で『お願いします』と言ったら、そのダウンジャケット貸してもらえますか」と揉《も》み手で頼み込みそうになるくらい寒かった。どうして七ヶ国語かは自分でもわからない。寒さで錯乱していたのだろうか。遠くに望めるはずのサハリンは当然見えず。

その後、夕方のフェリーで利尻島へ。港に来ているはずの宿の迎えがなく、うろうろしているところに地元の人が集まってきて「どこ？　どこ泊まるの？　××さんとこ？　××さんならあっちにいるんでないかい？　あ、ほらいたいた、××さーん！」と全然無関係な若者を連れてきてくれたりして、早速島の人の親切に触れる。島のシンボル利尻山は雲がかかっていて、これまたまったく見えず。早起きと満腹のせいで夜の八時には布団に入った。

七月五日

六時半起床、七時ビール。よく寝た朝のビールは、まるで水のよう。

今日は朝から島を観光し、午後に稚内へ戻る予定。朝食後、宿のご主人

に港まで送ってもらう。車内では、数年前に利尻・礼文の両島で行われたという映画『北のカナリアたち』のロケ話を聞く。ご主人によると、吉永《よしなが》小百合《さゆり》は「顔が大き」く、里見《さとみ》浩太朗《こうたろう》は「背が小さ」く、柴田《しばた》恭兵《きょうへい》は「いい男じゃないけどかっこよかった」そうで、完成した本編に関しては「今まで利尻の風景だったのが急に礼文になったり、あんなとこ自転車で走る人なんていないって場所を吉永小百合が自転車で走ったり」する、「なんだかよくわからない映画だった」とか。私は未見なのだが、俄然《がぜん》観てみたくなった。

港近くでレンタカーを借り、島を一周。ウニを食べ、温泉にも入る。それでいいといえばいいのだが、相変わらず雨が降ったりやんだりで、島のどこからでも見えるはずの利尻山が島のどこからも見えない。時間が経つにつれ、もしや利尻山などという山は実在しないのではないか、という疑惑が胸に湧いてくる。すべてが観光客を呼び寄せるためのでっち上げで、その観光客にはいつも「雲がかかっている」とごまかしているのだ。そう考えると摩周湖《ましゅうこ》も怪しい、あそこも実際は霧の向こうに湖などないかもしれないと、道内観光地への不信感は募るばかり。結局、一度も利尻山を目にすることなく、島を後にする。

夕方、稚内に戻ってから訪れた宗谷《そうや》岬でも、サハリンを望む方向に広がるのは低く垂れ込める雲と鉛色の海だった。サハリンよ、もしやお前もか。

七月六日

小雨。疑惑払拭《ふっしょく》のため、最後の賭けのような気持ちで訪ねたノシャップ岬からも、やはりサハリンは見えなかった。ますます「道内の有名観光地、実は存在しないのではないか疑惑」が信憑性《しんぴょうせい》を帯びてくるが、しかし冷静に考えると、何もないところに山や外国の島をでっち上げるのは現実的ではない気もする。だが、見えないのもまた事実。ああ、一体何が真実なのだろう……と葛藤《かっとう》する私をコパ氏の一言が救ってくれた。

「昔は確かにあったけど、今はなくなったんじゃないか?」

膝を打ちすぎて脚が折れるかと思いました。

札幌に近づくにつれ徐々に天気は回復し、この旅一番の快晴となる。しかし美しい青空とは裏腹に、放り出してきた仕事という名の現実が重く私の心にのしかかり始め、札幌に到着する頃にはすっかり意気消沈。そんな私を見かねて、コパ氏が焼き肉の提案をしてくれた。仕事を終えたコパ氏の奥さんも合流して名残《なごり》の焼き肉。持つべきものは怠け者の心を理解してくれる友達だと感激していたら、最後にきっちり原稿催促された。現実は常に厳しい。

七月七日

旅の疲れと余韻のせいか、すぐにぼんやりしてしまう。仕事も進まない。利尻島のフェリー乗り場で居合わせたおばさんに、「あなたがしきりにおっしゃっている『ていていのほう』とは、やはり『這々《ほうほう》の体《てい》』のことでしょうか」と訊けばよかった、などということばかり考えてしまう。

七月十二日

『石の裏にも三年』の出版を記念して、文教堂書店北野店がミニミニサイン会を開いてくださる。今回で三度目。か、あるいは四度目。詳しいことは忘れてしまったけれど、本当にいつもありがとうございます。ミニミニとはいえ、思いの外多くの方が並んでくださって感激もひとしお。さらに、ビールやしろえびせんべいなど、差し入れも私の好物ばかりで、あちこちで自分の好きなものを書き散らかしていて本当によかったと思う。というか、お金が好きなこともっと書いておくべきだったとも思う。

サイン会の後は友人たちとジンギスカンで打ち上げ。それだけでは気が済まず、ボウさん、麦ちゃんとともにハマユウさんのお宅で楽しく二次会、のはずが気がつけば床にばったり倒れて寝ていた。どれくらい時間が経ったのか、最初に目を覚ました時にはボウさんが既に家に帰っており、次に覚ました時には麦ちゃんがいなくなっていた。意識は半ば朦《もう》朧《ろう》としていたが、ここでもう一度寝てしまうとハマユウさんも消えて猫と私だけが取り残されるのではないかと怖くなって、力を振り絞って帰宅する。

七月二十一日

とある手続きのために、近所の携帯ショップに出向く。最初にサポートセンターに問い合わせたのだが、微妙に話が通じない上に先方からの指示も二転三転、どうにも埒《らち》があかなくて困っているのだ。ということを二十分ほどかけて説明し、そこは親切かつ丁寧に対応してもらって、

いやいや、ありがとうございました、サポートセンターの人も一所懸命対応してくれたのですが、話がすれ違うというかボタンの掛け違いみたいなことってありますよね、と大人の態度で家に帰ってから、自分のブラウスのボタンが本当に一つ掛け違っていたことに気づく。今頃、「台詞を身体で表現するおばちゃん」として携帯ショップのバックヤードに写真でも貼られてんじゃないのか。

七月二十六日

コパ夫妻とハマユウさんに朝市に誘われるも、仕事がたまっていて行けず。夕方、三人がメロンと蛸《たこ》の足をお土産に持ってきてくれた。母に見せると「どうしたの？　あんただけ誘ってもらえなかったの？　この間の旅行でバカなことばっかり言って、うるさいって嫌われたの？」と妙に具体的に心配された。

33 東京の夏、北海道の秋

七月二十九日

開け放した窓から、ご近所の兄弟の賑《にぎ》やかかつほのぼのとした声が聞こえてくる季節。ガレージで水遊びをしたり、ボール投げをしたり、その最中に喧嘩になったり、怒ったり、泣いたり、それをお母さんに言いつけたりする彼らの声が、今年も変わりなく響いているのだが、ふと気づくとこの風物詩、既に十年近くの年月が経っているではないか。十年。当時幼稚園児だったとしても、彼らももう中学生、人は中学生になってもそんなに外ではしゃぎ回るものなのだろうか、ひょっとするとどこかの時点で別のお宅の子供たちと入れ替わったのだろうか、あるいは永遠に大きくならない人ならざる何かなのだろうか、そもそもあの家に子供は本当に存在するのだろうか……などと思うとドキドキしてくるので、何も考えずに今シーズンもほのぼのすることにした。わあ、歌うたってるよー。楽しそー。

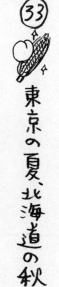

七月三十日

いよいよ夏本番、暑さに慣れない北国の民がへろへろになる頃がやってまいりました。というわけで、夕方、急に体調を崩した母を連れて病院へ。処置室のベッドで横になった母の診察の順番を待つ間、となりのベッドからは、

「おかあさん、すぐ楽になりますよ」

「もうすぐお迎えが来ますからね」

「お迎えが来たら楽になりますよ」

としきりに話しかける女性の声がして、ぎょっとする。よくよく聞くと、入院病棟からの迎えの看護師さんを待っているらしいのだが、その微妙な言葉の選び方の裏には、もしや長年に亘《わた》る嫁 姑《よめしゅうとめ》のどろどろの確執が渦巻いているのでは……と気になって仕方がない。「わざとですか？」と尋ねるわけにもいかず、早くお迎えが来ますようにと私からも祈っておく。

母が快復したので、夜は飲み会。ジャニーズについての知識がほとんどない私に、友人たちがグループ名からメンバーから歌やダンスの良し悪《あ》しまで、さまざまなことをレクチャーしてくれるも、それらはお酒を

飲んでいるうちにきれいに忘れ、最終的に「ジャニーズのなんとかいうグループにはものすごく釣りの好きな人がいる」という曖昧な知識だけがぽつりと残った。誰かはもちろんわからない。

八月三日

明後日《あさって》からの東京行きを控えて、今のうちにバリバリと仕事を片付けなければならないのに、思うように進まない。いつもなら「どこかにやる気売ってないかなあ」と後ろ向きな現実逃避に走るところだが、しかし今日の私はひと味違った。やる気を買うなどという弱気なことは言わない。売るのだ。むしろこの無尽蔵な「やる気のなさ」を売る。たとえ松岡《まつおか》修造《しゅうぞう》だって、泳ぎ続ければいつかは疲れ、溺《おぼ》れてしまうだろう。そうなる前にこの「やる気のなさ」を一粒飲めば、あら不思議、どんなに仕事が詰まっていようが忙しかろうが、いとも簡単にダラダラできちゃう！　というすぐれもの。そう、常にやる気漲《みなぎ》るデキる人にこそ、やる気のない時間が必要なのだ。キャッチコピーは「これは昼寝ではない、仮眠だ」。うむ、我ながら目のつけどころが素晴らしい。あとはいかにして、純度の高いやる気のなさを抽出するかだが……などと妄想し

ているうちに、あっという間に夜。誰か助けて。

八月五日

朝の飛行機で東京へ向かう。記録的な猛暑が続いていると聞くが、それを言うなら札幌だって今日の予想最高気温は三十五度である。道産子《どさんこ》だからといってナメてもらっては困る。東京め、返り討ちにしてくれるわ！　と意気揚々と乗り込んだものの、最初に降りたった品川《しながわ》駅で、すかさず返り討ちの返り討ちにあう。「暑いので私がホテルのチェックインを済ませてきます。北大路さんはどこか涼しいところで待っていてください」と言う元祖K嬢の言葉を振り切って、「大丈夫、大丈夫」と一歩日向《ひなた》に出た瞬間の悲劇であった。瞬殺とはこのことか。あり得ない熱気と湿気に、「ご、ごめん……やっぱり待ってる……」と力なくうなだれ、その足でふらふらとスーパーに入ってなぜか塩飴を買ってしまった。身体が危険を察知したのかもしれない。

その後は、文庫『石の裏にも三年』の打ち上げを兼ねて昼食会。イラストレーターの丹下京子《たんげきようこ》さんとデザイナーの成見紀子《なるみのりこ》さんに「一口も食べないうちから料理に醤油《しょうゆ》をかける父への憤怒《ふんぬ》の思い」を打ち明けると、

首がもげるほど同意してくださったので、もうそれだけで東京に来てよかったと思う。
さらに夕方からは、ノンフィクション作家の高野秀行《たかのひでゆき》さんと対談。エアコンのないお店でお酒を飲みながらということで、久しぶりにビールのコーンスープ化現象（運ばれてくるビールがぬるくなる前に急いで飲み干そうとするあまり酔いが回り、今飲んでいるのがビールなのかコーンスープなのかわからなくなる現象）に見舞われそうになるも、さすがに仕事なのでそこはこらえた。大人になったと思う。

八月六日

最高気温三十六度とかそのへんあたりだが、正面から受け止めると溶けてしまうので考えないようにする。待ち合わせ場所に現れた元祖K嬢に「なんだか呆然《ぼうぜん》としてますよ」と言われつつ、書店挨拶回りへ。行く先々で「ここ数日が一番暑いです」「狙いすましたように暑いです」などと言われ、おのれの引きの強さに惚れ惚れした。これをもっと他には活《い》かせなかったか。
書店挨拶回りを終えた後は、J社のC嬢と東京スカイツリーに。夕日、

日没、夜景という三種の神器を背負ったカップルだらけのスカイツリーに敢えて身をおくことにより、どんな逆境にあっても心を強く持つ術《すべ》を学ぶという企画である（嘘《うそ》）。帰りのエレベーター前で、恋人の首にぶら下がるようにしていちゃつく外国人の女性と、絵に描いたような嘘泣きで父親に抱っこをせがむ女の子が、年齢も国籍も立場も超えてなぜか激しく睨み合うシーンを目撃する。見ず知らずの二人の一体何が反応し合ったのだろうか。共通項は「女の武器」だろうか。

八月七日

予想最高気温が三十七度超えとか言っていた気がするが、そんな気温の中で人が生きられるわけがないので嘘だと思う。今日は飛行機の時間までC嬢と東京巡り。朝風呂に入り、朝食をしっかり食べ、荷物になるスーツケースは宅配便で送り、万全の態勢で臨んだはずが、最初のNHKの見学の時点で暑さにやられて既にバテバテとなり、その後はなんだかよくわからないまま「とりあえずビール飲もうぜ」としか考えられなくなる。朦朧としたままC嬢のあとを付いて街を回り、最後は家族へのお土産にと、なぜかまな板とキッチン鋏《ばさみ》と出汁《だし》パックを買ってしまう。

それ、東京で買わなくちゃいけないものだったろうか。というか土産として成立するのだろうか。いや、そもそも飛行機に刃物を持ち込むつもりだったのだろうか。自分で自分がよくわからないまま、結局、それらはC嬢が後で郵送してくれることになった。どうもすみません。
夜、帰り着いた札幌の涼しさに驚きつつ就寝。エアコンなくても眠れるんですよ。

八月八日

涼しいからといって仕事が進むとは限らないことを改めて知る。

八月十日

東京暑かった？　と会う人ごとに訊かれて答えているうち、なんだか村の子供たちにせがまれて都会の話をする昔の人みたいになってくる。
「東京ではな、夜、お店で酒を飲むじゃろ。その時にな、新しい客が来てドアを開けるじゃろ。するとな、外から熱風がもわもわーっと入り込むんじゃ」
「嘘じゃ！　夜なのにそんなことあるはずがねえ！」

「いや、嘘じゃねえ。あそこはな、日が暮れても街が冷めないままなんじゃ」

「家の中は？　家の中はどうなっとるんじゃ？　冷えてるのか？　夏でも戸は閉めるのか？」

「そうじゃ。冷えた家を熱風から守るために戸は閉めるのじゃ。開けっ放しにするやつは重罪人じゃ」

「吹雪の日みたいにか！」

「おんなじじゃ。吹雪は人を凍らせるが、熱風は溶かすのじゃ」

「と、溶けるのかっ!!」

八月十一日
バスの中で女子中学生が友達に、「うちに来てもいいけど、お母さんがいるから好きな人の話とかできないよ」と話しているのを聞いて、なんともいえない甘酸っぱいというか、切ないというか、懐かしいというか、そこからもっぱら老化と介護と相続と納税の話を友達とするようになるまでの人生の短さを駆け寄っていって教えたいというか、そんな気持ち。

八月十二日

お盆の準備で一日バタバタと動き回る。死んだ人のための買い物ついでに、生きている人間用に今年初のとうきびと桃も買う。初物を口にして盆と正月がいっぺんに来たような気分で浮かれるが、冷静に考えると盆しか来ていないのだった。

八月十三日

五時半起きで墓参り。いくら死んでいるとはいえ、こんなに早くに押しかけられてはご先祖様も迷惑なんじゃないだろうか。

八月十五日

天気予報で「秋」という言葉が聞こえたような気がするが、電光石火の早業でチャンネルをかえたので誰も気がついていないと思う。北海道の夏は私が守る。

八月十七日

高校野球を見ていた母が、沖縄の興南《こうなん》高校のことを「あのハワイの学校」と堂々言い放つ。北国の民の「南」に対する大雑把さに驚くが、きっと沖縄の老人も我々のことを「シベリアの人」と呼び間違えたりしているはずなので大丈夫。

八月十八日
（さむい）（だが認めない）

八月十九日
（さむい）（だが認めない）

八月二十一日
私の抵抗を見抜いたかのように、天気予報の人に「夏の終わりを受け入れるべし」と諭される。だが認めない。

八月二十二日
母から「冷蔵庫にリポビタミンCあるよ」と言われる。その謎《なぞ》の飲み物がリポビタンDでもオロナミンCでもなく「ビタミンレモン」であることがすぐにわかるあたりに私のエスパーとしての潜在能力の高さが表れているわけだが、そんなことより、せめて八月末までの日記を書きたかったのにこの体たらくはどうよ。どうなのよ。

㉞ 忍び寄るあれの影

八月二十三日

ハマユウさんと大相撲の札幌巡業へ行く。相撲人気復活の噂を裏付けるように、朝からかなりの賑わい。十時半過ぎに到着した時には土産物屋は既に長蛇の列で、会場の外では新車の展示販売まで行われていた。相撲を観に来たついでに車も買おうと考える人がどれだけいるかはわからないが、確かに活気は伝わってくる。我々もハマユウさんが手配したチケットで中に入り、ハマユウさんが用意した座布団を敷き、ハマユウさんが購入してくれたビールを飲みながら土俵を見上げる。ハマユウさんの働きばかりが目立つが、私も決して酒だけ飲んでいたわけではなく、タクシーに忘れ物をして慌ててタクシー会社に電話をかけたりしていたのだ。どうだ、一から十まで役に立たない感じが、いっそ清々《すがすが》しかろう。

幕内トーナメントは、我らが稀勢《きせ》の里《さと》が優勝。決勝で鶴竜《かくりゅう》と対戦した時には、前の席の見知らぬおばちゃんがくるりと振り向いて、「どっちが好きなの？　稀勢の里？　やっぱり！　私もそうなの！　でも今日

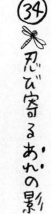

だけね！　今日だけ稀勢の里！」と話しかけてきたが、それは稀勢の里が好きというよりは鶴竜が嫌いなのではないだろうか。
帰りも混雑。タクシー乗り場の長い列を見たハマユウさんが、「並ぶのが面倒だからここで車買って乗って帰ろう、と思う人のための新車展示販売なのかな」と慧眼《けいがん》を披露していて天才かと思った。まあ、間違ってるとは思うけど。

八月二十四日

天気予報が、最高気温ではなく最低気温に言及するようになってきた。言葉にすると本当になる気がするのでぼかして言うが、まさか今年もあれが来るというのだろうか。夜、スイッチを入れると暖かくなる機械を点《つ》けてしまう。

八月三十日

朝倉《あさくら》かすみさんとまさきとしかさんのトークイベントに出かける。「わたしたちが小説家になるまで」とのテーマで一時間。お二人が小説家を志したきっかけや創作裏話などとともに、会場のすぐ外で行われて

いた安保法案反対集会の人たちの主張もみっちり聞くことに。話の途中に突如響く「絶対！　反対！」に全員がびくんとなる貴重なシーンも目にする。

その後の打ち上げでは、書評家の豊﨑《とよざき》由美《ゆみ》さんが「丑《うし》年生まれ」の悲哀を語っておられた。丑年の哀《かな》しみ、寅《とら》年への憧れ、丑年でなおかつ蟹《かに》座であることの二重の不幸などを切々と訴え、最後は横にいた私に「丑年・蟹座として生まれた者の哀しみをエッセイに書くように」と告げたため、私も一瞬その気になったが、冷静に考えると丑年でも蟹座でもないのにその気になっている場合ではないのだった。まさきさんに、「太った？」と常々自分でも思っていることを改めて言われて帰宅。

九月二日

親戚に不幸があり、久しぶりに袖を通した黒ワンピースの肩から袖にかけてがぴっちぴちになってることが判明。どれくらいぴっちぴちかというと、車の車庫入れで振り向こうとする上半身を大リーグボール養成ギプスが締め付けているくらい……なのだが、この比喩《ひゆ》がどの世代にまで通用するのか不安になる。

お通夜では数年ぶりに会った従姉妹《いとこ》に開口一番「太った？」と言われる。今週はなに？　公子に太ったねと言おうね週間？

九月三日

告別式。亡くなった伯母と最後のお別れをする。伯母は私のことを子供の頃から特別な呼び名で呼んでいたのだが、もうその名前で呼んでくれる人は世界中どこにもいなくなってしまった。

斎場の庭に蜻蛉《とんぼ》が飛び交い、木々の顔色が一部、黄色かったり赤かったりおかしくなっていた。やはり今年もあれが来るのだろうか。

九月五日

友人たちと連れ立って、アニキ（渾名《あだな》）の家で子猫と遊ぶ会。三匹の子猫は小さくてふわふわで温かくてそれがちょこまか動いてまるで天使のよう！　と思うでしょう？　思うでしょうけれども、実は本物の天使は昔うちで飼っていた猫なのですよ、なにしろあんなにかわいらしい猫は後にも先にも見たことがないのですよ、世の猫飼いの人は一人残らず自分のところの猫が一番かわいいと思っているでしょうが、知らないと

いうのはなんと幸福なことでしょう、あの猫を一度でも見てしまうとそんなことはとても言えませんよ、そもそも天使というのはあの猫をモデルに作られたのです、ウソじゃないですよ、という普段は心のうちにしまっていることを、つい子猫のかわいらしさに油断して披露してしまい、全力で引かれる。でも真実だから仕方ないのだ。

帰りの地下鉄では、若い娘さんが我々の顔をにやにや見ながら彼氏とべったり腕を組み、我々の顔をにやにや見ながら彼氏にしなだれかかり、我々の顔をにやにや見ながら彼氏に頬寄せるようにして座席に座っていたのだが、この全然羨《うらや》ましくないものを見せびらかされた時の精神的ダメージに誰か名前を付けてほしい。

九月十日

去年だったか一昨年だったか、不自然なほどの笑顔とハイテンションで除雪する人々が登場する除雪機のCMについて、「この白い粉さえあれば辛い雪かきもこんなに楽しくできますよ!」という悪いおクスリの宣伝にしか見えないと書いた覚えがあるが、今年はそのCMにご近所さん役が増え、それがまた異様な笑顔で除雪をしており、ああ、一年だか二年だかかけて地域に粉が蔓延《まんえん》したのだなあ、と納得できる作りになっていて、いたく感動する。

九月十一日

ふと気づけば、ここまで一日も仕事をしている記述がありませんが、書いていないだけで実際は日々仕事に励んでおりまして、励むどころか終わるべき仕事が全然終わらず、でも明日から東京へ遊びに行くのです。困った。どうする。

九月十二日

空港行きのリムジンバスが、「最近の日本列島は不安定な空模様になっておりまーす」「空模様は不安定ですが、私の心は安定しておりまーす」「安心してご乗車くださーい」という、むしろ若干の不安を抱かせる運転手さんの口上とともに出発。初めてのことに「あれはなんだったんだ？」とうろたえているうちに、「九月に入りましてサンマの美味しい季節になりましたー」「果物も美味しいでーす」「皆様もどうぞ旅先で美味しいものをお召し上がりくださーい」「私も食欲の秋を満喫しまー

す」と、運転手さんの食生活に関する所信表明とともに無事空港に到着した。新しいサービスだろうか。

東京到着後は、女六人でフーターズへ。テーブルを担当してくれた若いお姉さんが我々中年昼酒チームを「女子会」と呼んで「ねえねえ、女子会は何話してるのー?」とかわいらしく覗き込んでくるのだが、何を話しているかといえば、二日酔いには砂糖を舐めるべしとか、酔って鍵や財布を失《な》くした時は「現場百ぺん」が鉄則であるとか、まあそういう話なので、お伝えするほどではないかと思いました。というか、そんなことよりお姉さんのその細い胴体には内臓はちゃんと揃っているのか。二軒目で担当編集者のC嬢と合流。明日の相撲観戦に備えて早めに切り上げる。

九月十三日

C嬢と両国《りょうごく》へ向かう。そこで書評家の吉田伸子《よしだのぶこ》さん、元担当編集者のMっちと待ち合わせ。早めに着いてコンビニでお酒を調達していたら、同じくお酒を買いに来た吉田さんとばったり会う。やはり何がなくとも酒ですな、と心と心で語るスタート。

札幌巡業で感じた相撲人気は国技館でも同じで、去年や一昨年に比べ明らかに客の出足がいい。和装dayのため着物姿の人も多く、後ろの和服若者グループなどは、お酒をどんどん飲み、どんどん酔っ払い、するとどんどん娘さんの着物の裾がはだけて中身が見えそうになり、土俵とは違ったハラハラを周囲に与えている。ちなみに、いつも「その巨体に内臓は一人前で足りているのだろうか」と不安になる臥牙丸《ががまる》については、昨日のフーターズのお姉さんの余った内臓を借りていると結論づけたので、こちらは安心である。結びで白鵬がまさかの黒星。座布団が飛び交うシーンを写真に撮ろうと思ったものの、もたもたしているうちに飛び終わってしまう。カゲロウより儚《はかな》い座布団の命よ。

夜は、イラストレーターのにご蔵《ぞう》さん、担当編集者の元祖K嬢、雑誌『相撲ファン』のY氏を交えて中華料理。札幌では既に死に絶えたと思われる蚊に刺される。

九月十四日

午前中、喫茶店でゲラ直し。仕事が終わらないまま来てしまった私のために、C嬢がわざわざ店まで届けてくれたのだ。何かの罰として先生

の前で漢字の書き取りをさせられる小学生のような気分で、C嬢に見守られながらゲラをチェックする。そういえばC嬢は、お気に入りのパジャマで登校しようとしてお母さんに全力で止められるような子供だったらしいが、今では怠け者の担当著者にちゃんと仕事をさせ、さらには出来上がったゲラをスマホを駆使してさくさくと遠隔処理する未来人っぽい編集者となったのだった。おそらく火星あたりとも交信しているのではないかと思う。

ゲラを終えた後は、Mっちも交えて三人で蕎麦屋《そば》へ。そこから羽田《はねだ》へ移動して名残のビールをかわす。搭乗時間を気にしてそわそわする私に「まだまだ大丈夫」と頼もしいMっちだが、この人、過去にフランス行きの飛行機に乗り遅れたりしているので信じてはいけないのである。

九月十五日

黒岳《くろだけ》にあれが降ったとの情報を耳にする。

九月二十日

毎年恒例、大通公園のさっぽろオータムフェストへ出向く。図らずも

女六人、フーターズの時と同じ構成であるが、かわいらしい娘さんが「女子会?」と覗き込んだあの時とは違って、キッチン鋏、取り皿、スプーン、ウエットティッシュと準備万端の私たちを見て、「家かよ」と呟いていた隣のテーブルのおっさんしかそばにはいない。それでも十分に北の幸を満喫。気がついたら場所を替えて、十時間ほど飲んでいた。

九月二十三日

テレビで相撲を観ていると、三十年以上前に亡くなった伯父《おじ》にそっくりな人が客席にいる。「あ、伯父さん」「いや、違うって」といちいち一人でツッコむのが面倒なので、お彼岸の今日、伯父があの世から相撲観戦にやって来たと思うことにする。ついでに先日亡くなった伯母と兄妹《きょうだい》で来てはいないかと探したが、伯母に似た人はいなかった。伯父は誰が勝っても嬉しそうにぱちぱちと拍手をしている。

35 ペロリンとチープン

九月二十四日

気がつけば仕事が立て込んでいる。どうしてこんなことになったのか。忙しい時には、「見ると〆切が本当になってしまう」とスケジュール帳を開くことすらしなくなるからか。午後、担当編集者から着信。怯えながら出ると、なぜか相手の声は一切せず、なにやら地獄の沼がぶくぶく言うような不気味な音ばかりが聞こえる。「書いてます！　ちょーばりばり働いてます！　今にも完成しそうです！」と調子のいいことばかり言っている私に、もしや地獄の使者を原稿催促要員として採用したのかと恐ろしくなるが、どれだけ「もしもし？」と問いかけても「ぶくぶく」しか言わないところをみると、蟹からの電話かもしれないとも思う。本格的な蟹シーズンを前に、営業をかけてきたのかもしれない。私の蟹好きが蟹界にまで広まっているとしたら、まことに光栄である。

九月二十六日

仕事中、パソコンからふいに電気ドリルのような音が聞こえはじめる。パソコンの異音というのは無条件に不安を喚起するものであり、それはつまり「買い換えるのはお金がかかるし、でも修理に出したらその間仕事に支障が出るし、かといって放っておいたらいつ何時《なんどき》この書きかけの原稿がふっと消えてしまうやもしれないし」と、三すくみというか八方塞がりというか、進むも地獄退《ひ》くも地獄的な状況を予感させるからであるが、しかし徒《いたず》らに不安がっていても埒があかない。ここはひとつ「中の妖精さんが私に代わって原稿を仕上げるための本格的な工事をいよいよ開始した」と前向きに捉えることにする。とはいえ、妖精さんの工事は難航しているようで、ドリル音の止《や》む気配がない。仕事にも集中できないので、仕方なくイヤホンを装着して音楽を流したところ、あら不思議、たちまち不快な音が聞こえなくなって、すべてが解決したのだった。私、天才かもしれない。

九月二十七日

今年は秋刀魚《さんま》が不漁だとかで、近所のスーパーでもなかなか値が下がらない。まったくもう嫌になっちゃうわねえ、とお嘆きの！　奥様方に

朗報！　本日！　七のつく日は！　ラッキーデー！　昨日まで九十八円だった秋刀魚が！　なんと！　なんと！　九十七円！　九十七円！　七にちなんで九十七円！という値引きセールが行われていたので、本当に不漁なんだなと思いました。買いませんでした。

九月三十日

札幌のこの冬最初のアレは何月何日の何時でしょう、とのクイズがローカル番組で出題されていた。アレ、今年も本当に降るつもりなのか。

十月一日

立て込んでいた仕事がさらに立て込みつつある。もう何もかも捨てて旅に出たい。どこへ行くかは言えないけれども、蟹の美味しい土地は探さないでください。

十月四日

蟹からの再びのお誘いを待ってみるも、音沙汰なく、その代わりといってはなんだが、知らない人から妙な電話がかかってきた。

「もしもし、明日そちらで話し合いの場がもたれるとイトウさんから聞いたのですが、何時にうかがえばいいでしょう」

「はい？」

「場所を提供していただけるんですよね」

「えーと、番号をお間違えじゃないでしょうか？」

「……皆で行きますから」

なんだか気味が悪くなって「すみません、切りますね」と言って切ってしまう。

十月五日

お昼ちょうどに呼び鈴が鳴って、出ると見知らぬ男性が「昨日お電話した者です」と玄関先に立っていた。「時間を教えていただけなかったので、勝手に参りました」と、にこりともせずに告げる彼の後ろには中年男女が二人、同じくにこりともせずにこちらを見ている。何が起きているのかさっぱりわからず、おろおろする私に、そのうちの一人が、「ああ、やっぱりあなたには私たちが見えるのですね」と呟いたのだった……などということはもちろんなく、仕事に追い立てられたごく普通

の一日を過ごす。パソコンに向かいながら、時々、昨日の間違い電話（これは本当）の人たちは、無事に話し合いを終えただろうかとぼんやり考えた。

ツイッターで、アレ虫を見たという情報を得る。アレ虫が飛ぶと、だいたい二週間くらいでアレが降ると言われている。〆切を確認すると本当になるのと同じく、アレを言葉にすると本当に降ると思われるので口にはしないが、憎い。いよいよもってアレが憎い。

十月八日

何度訂正しても、カタカナに弱い母がピロリ菌のことを「ペロリン菌」と呼ぶ。根気よく教えるしかないと思っていたが、「胃の悪いものをペロリンと食べてくれるのかと思ったら、実はペロリン菌の方が悪者なんだってねー」と、妙にかわいらしいことを言い出したので、もうそのままでいい気がする。よそで笑われませんように。

十月十三日

ようやく仕事が一段落し、ほぼ二週間ぶりに外に出る。子供の頃、病

気で欠席した後は「休んでいる間にランドセルの使用が禁止になっていたらどうしよう」「白い運動靴以外履いてはいけないことになっていたらどうしよう」などと、突然の校則改正を心配していたものだが、今日は「引きこもっている間に赤信号が『すすめ』の合図になっていたらどうしよう」とドキドキしたので、大人になるとやはり心配事も大きな視野に立つものなのだなあと我ながら感心する。運転も二週間ぶり。どうやら信号のルールは変わっていなかったようで、本当によかった。

　夜は仕事で来札中のS太郎さんと、友人を交えてお酒。本州からやってきたS太郎さん相手に、友人と二人でこの夏、紋別《もんべつ》市で射殺された四百キロの羆《ひぐま》について、なぜか熱く語ってしまう。それがいかに巨大でいかに恐ろしいか、かつて七人の開拓民の命を奪った三毛別《さんけべつ》羆事件の羆は六百キロで、「現地で再現された熊の像を見た時は、こんなにでかい熊はさすがにいないだろう、誰か途中で話盛っただろとちょっと疑ったけど、あれもいるわ。間違いなくいるわ」と真剣に訴える。S太郎さんとは数年ぶりに会ったというのに、羆の話をしたことしか覚えておらず、しかも後から確認したら三毛別の羆は六百キロではなく三百四十キロで、話を盛っているのは、どう見ても私なのだった。こうしてデマは広がっ

ていく。

帰宅後、風呂で居眠りをし、読んでいた本を湯船に落とす。本はたっぷりと水を含んで変わり果てた姿となり、昔の面影を完全に失ってしまった。街でばったり会ってもわからないと思う。

十月十四日

濡れた本を元通りにしようとネットで調べる。あらゆる検索結果が「手遅れ」「濡れ過ぎ」を指し示すことに呆然としつつ、それでもダメ元で「ジップロックに本を入れて冷凍庫で冷やす」方法を実行したところ、十数時間かけて、本当に「手遅れ」かつ「濡れ過ぎ」であったことを改めて確認することとなった。つらい。

十月十六日

結局、二日かけてストーブ前で地道に乾かすことにより、本は読書を続けるには支障のない状態にまで回復した。冷凍庫よりストーブ。我々は常に「北風と太陽」の教訓を胸に刻んで生きなければならぬのだ。イソップの偉大さを噛《か》み締めつつ、ガビガビになり、三倍に膨れ上がった

本の続きを読む。

十月十七日

かつて我が街に存在していた宇宙一美味しい（当社比）ジンギスカン店。その店が閉店してしまってからは、私と私の友人たちは理想のジンギスカンを求めながら、この北の街をさまよい歩いていた。あれから一年か二年（覚えてない）。ついに先日、友人のマリゾーちゃんから「美味しいジンギスカンの店を見つけたよ！　食べに行こう！」との連絡が入ったのである。

その約束の日の今日。さまよえるジンギスカン人が総勢四人、いそいそとお店に到着すると、しかしなぜか看板には魚の絵、店内の壁には大漁旗、並んだ食材は海の幸、って、どう見てもこれは海鮮焼きの店ではないですかマリゾーちゃん。しかしマリゾーちゃんは些《いささ》かも動じず、海鮮とともに流れるように肉も注文。貝の脇でじゅうじゅう焼き上がったそれは、確かに我々が求めていたあの味なのだった。ああ、こんなところで再会できるとは！

ちなみにこの時、マリゾーちゃんの姉のクミゾーちゃんは、昔見た

『大草原の小さな家』に出てきた豚の尻尾《しっぽ》の料理について、「とても美味しそうで、食べたくて食べたくて仕方なかった」と熱弁を振るっており、海鮮焼きの店で豚の尻尾焼きの話を聞きながら羊の肉を食すという、どこか狐に化かされたような夜を過ごしたのだった。また行きたい。

十月十八日
母がロシアのプーチン大統領のことを「チープン大統領」と呼んでいる。カタカナに弱いと思っていたが、もしかすると半濁音に弱いのかもしれない。

十月二十日
アレ虫が大量発生している。が、そんな不吉な話は聞きたくないので、夏の東京の思い出である虫刺されの痕《あと》を見て心を慰める。あの時は本当に暑かった。でも幸せだった。

十月二十七日
午後、耳鼻科へ。夏にひどい風邪をひいて以来、味覚と嗅覚に異常が

起きていたのを、ここに来てようやく診てもらう。食べ物や飲み物から本来とは違った匂いがするという異常なのだが、これは「風邪で傷ついた神経が元に戻ろうとする時に混線してノイズが入るようなもの」であり、「今の医学ではどうしようもない」のだそう。意外な結果にしょんぼりしていると、「でも、ほら、昔のラジオは雑音が入っていても聴き取れたでしょ？　それと同じで、その妙な匂いの中には本来の匂いも混じっているはずだから、そっちをなんとか感じられれば」と、耳をすまして心の声を聞いて！　みたいなことを言われた後、「大丈夫、昔のラジオでもちゃんと聴けたから。そりゃ音質は今とは比べ物にはならないけど」と改めて慰めてくれた。ありがとうございます。だけど、やっぱり比べ物にはならないのね。そうだと思った。

36 苦あれば愛あり♡イワモっち

十月二十八日

お昼ごはんの献立を考えるのが面倒で「うどん、そば、焼きそば、ラーメン、にゅうめん、グリンめん、焼きうどん」を延々ローテーションする日々を続けたら流石《さすが》に飽きてきた。今日はチキンライスにしようと思い立ったはいいが、あいにく鶏肉も玉ねぎもバターもすべて切らしている。買いに行く気力など到底なく、鶏肉の代わりに魚肉ソーセージ、玉ねぎの代わりに長ネギ、バターはなしでサラダ油一本勝負、そこに良心としてのピーマンと人参を投入することにした。

作っているうちに、そのいんちきぶりが悲しくなってきたので、脳内息子のことを考える。これを食べて育った息子が成長して都会へ出て行き、やがて本物のチキンライスに出会う物語だ。

老舗《しにせ》の洋食屋、ぴかぴかの皿に載ったチキンライスを初めて息子は口へ運ぶ。全身を包む深い味わい。衝撃ともいえる味に息子は驚き、そして次の瞬間ある重大な事実に気づくのだ。「そうか……チキンが入ってて

るからチキンライスか……」。感動を忘れられない息子は料理の道を志し、ついには三つ星シェフとなる。彼は言う。
「もし母が料理上手だったら今の私はないでしょう。いんちきチキンライスを作り続けてくれた亡き母に、この三つ星を捧げます。そして日本中の料理人を目指す子供たちに伝えたい。豚はポークだと」
　脳内息子が出世を遂げたことと脳内私が既に死んでいることを確認しつつ、お昼を食べる。まあまあ美味しいケチャップ炒めご飯だった。

十月三十日

　明日は新婚さんを囲んでの温泉一泊旅だというのに、なんとなく風邪気味で調子が悪い。我が家ではこういう、楽しい時に限って体調を崩すことを「因果なカラス盆に腹病む現象」、略して「いがぼん」と呼ぶのだが、外ではあまり通じたことがない。一般的ではないのだろうか。便利なので、みんな使うといいよ。
　風邪薬を買いに行ったドラッグストアで、剣豪のような鋭いオーラを放ちつつ育毛剤の棚と対峙《たいじ》する男性を見かける。気づかないふりをして通り過ぎるつもりだったのに、つい頭部をちらりと確認してしまったの

が私の未熟さか。剣豪に斬られても仕方のない行為であると反省しつつ帰宅。ちなみに剣豪は帽子をかぶってらっしゃいました。

十月三十一日

夕方から定山渓《じょうざんけい》温泉へ。イワモっち夫妻の結婚をお祝いする会である。イワモっちといえば、去年の夏の奥尻島の旅で鎖骨二ヶ所と肋骨《ろっこつ》六本を折る大怪我《おおけが》（防波堤から落ちた）をして入院、観光どころじゃなくなり、ならば今度こそはと張り切った今年の利尻・礼文島の旅は仕事のため急遽不参加（直前に東京への転勤が決まった）と、一見不運を身にまとった男のように見せかけておきながら、実は結婚という大きな幸せを射止めていたのであった。

出席者は奥尻メンバーも含めて総勢七人。祝宴の席で、寿郎社のコパ社長が新郎新婦へ事前に行っていた馴《な》れ初めアンケートなどが読み上げられる。この歳になって、誰かの馴れ初めを聞くことがあるとは思ってもいなかったため逆に新鮮であったが、しかしその馴れ初めがやけにおとなしく、分別くさいのが気にかかる。もしやそれはよそ行きではないのか、本当は他人には言えないぐひぐひした大人の事情もあるのではないか、よし、ではそのあたりは部屋に戻って酒など飲みながらゆっくりと……と思っていたのに、部屋で缶ビールを二本ばかり飲んだところで猛烈に眠くなり、ひとり十時前に寝てしまう。大人どころか、まるでおばあさん。よぼよぼ。

十一月一日

六時過ぎにすっきり目が覚め、同室のハマユウさんと朝風呂、朝ビール。早寝のおかげでやけに元気が漲っている。朝食前にビールを立て続けに二本空けた。聞くところによると、昨夜はとりたてて大人の事情が語られることはなく、わりと真面目な話に終始したそうで、まったく私がいないと油断も隙もあったもんじゃない。温泉でなんで仕事の話などしておるのか。

チェックアウト後は、新郎新婦の車をクラッカーを鳴らして派手にお見送り。その後、現実に戻った五人は、紅葉のすっかり終わった紅葉名所を巡りつつ、日帰り温泉に寄り道して帰ったのだった。おめでとう、イワモっち。

十一月二日

来年開通予定の北海道新幹線について、東京から新函館北斗《しんはこだてほくと》駅まで四時間を切るかどうかで話題になっているが、ニュースを見るたびに湧き上がる「そこじゃない」感。その新函館北斗から札幌までが特急でもまた三時間半ほどかかることの方を、むしろ本州の皆様にはお伝えした方がよくないだろうか。

十一月六日

今晩テレビ放送される『るろうに剣心《けんしん》 伝説の最期編』を前に、主役の佐藤健《さとうたける》がいかに素敵かという母の話が止まらない。いくら説明されても佐藤健の顔すら浮かばない私であるが、

「佐藤健のどこが好きなの？」

「強いところ！」

って、それは単に役柄だろうということはわかる。

十一月七日

ガラケーさえほとんど使いこなせていない母が突然スマホを持ちたい

と言い出し、かつて膨大《ぼうだい》な時間と忍耐力を費やして携帯メールの操作を教えたあげく、機種変更とともにすべて振り出しに戻った忌まわしい過去がありありと蘇る。一度は聞こえないふりをしたが、いつまでもぐずぐず言われてもたまらんと思い、近所の携帯ショップへ。親切な店員さんによる丁寧な説明に勢い込んで耳を傾けるも、「たとえば何かを調べたい時は、検索サイトを呼び出して、このキーボードに文字を打ち込んで」あたりで後ずさりをはじめ、「それを漢字に変換して確定して候補に上がったサイトを」で完全にギブアップ。「なんだかおっかなくなってきた……」との理由で購入を見送った。帰りの車の中で、「君子危うきに近寄らず」と前を向いたままぽつりと呟いたのが無駄にかっこよかった。

十一月十三日

スマホには近寄らない君子であったが、自分で選んだサイクロン式掃除機には積極的に近づき、そしてごみを捨てるたびに必要のないところまで分解して元に戻せなくなり、最後は娘を呼びつける暴君に豹変《ひょうへん》するのだった。そこは少しおっかながって。

十一月十四日

毎年恒例「ドキッ！　道産子だらけの芋煮大会！　今年は米沢《よねざわ》牛に加えて道産牛も入れてみたけど、やっぱり米沢の牛にはかなわないよ！」に参加。女ばかり四人、Yさん宅で芋煮を食しつつ、最近彼女がご贔屓《ひいき》にしているなんとかいうバンドの録画映像を鑑賞する。そういえば去年だったか一昨年だったかは、ここで初めて『進撃の巨人』のアニメを観せてもらったのだった。その時にYさんから受けた説明が現時点においても私の『進撃の巨人』全知識になっており、非常に重宝していることから、今回もそうなるだろうとたかを括《くく》っていたところ、あなた、このハードルが非常に高いではないですか。なにしろバンド名が覚えられないわ、メンバーの顔も覚えられないわ、曲は全部同じに聞こえるわ、ほかのバンドの皆さんと区別つかないわ、「BUMP OF CHICKEN は知ってるよね」「うん」と答えた「BUMP OF CHICKEN」をほんとは知らないわで、画面を観ながら「誰？」「何？」「同じ人？」「違う人？」とオロオロしているうちに、いつの間にか寝てしまった。佐藤健より難しい。

十一月十六日

知り合いのリコさんが仕事で来札。友人たちと彼女を囲む会をサイゼリヤで行う。どうしてサイゼリヤかというと、先日テレビで紹介されていたメニューのあまりの安さに驚いた私が「死ぬ前に一度行きたい！」と騒いだからだが、東京からやって来てわざわざサイゼリヤへ赴かねばならないリコさんの心中いかばかりか。やはりここは寿司とかカニとか北海道らしいもので囲んであげるべきだったのではないかと思いつつ、しかし湧き上がるサイゼリヤ欲には勝てぬとばかりに、総勢七名でお店へ向かう。

小エビのサラダ、とろとろ玉ねぎのスープ、ムール貝のガーリック焼き、プロシュート、辛味チキン、エスカルゴのオーブン焼き、粗挽きソーセージのグリル、ほうれん草のソテー、パスタ、ドリア、ピザ、デザート、とにかく目につく食べ物を片っ端から注文し、さらには「この店で一番高いワインを持ってきてちょうだい」と、憧れの台詞を口にするオタル先輩を晴れがましい気持ちで眺める。やがて始まった「うちの旦那の頭は禿《は》げている」「いや、うちの方が禿げている」との白熱した議

論に、ああ、私もその話に加わるためだけに結婚したかった、夫の薄毛を誇ってみたかった、と心揺さぶられるひと時を過ごすこととなった。が、慣れないことはするものではない。普段ビール魔人の私が珍しくワインを飲んだせいか、まだ九時過ぎだというのに突如として激しい眠気に襲われ、宴《うたげ》の続行が不可能に。よろよろとタクシーで帰宅し、そのまま茶の間のソファーに倒れこんで四時間ほど眠ってしまう。目を覚ました時には、心配した母により額やら頬やら首やらに御札を貼るようにして濡れタオルが置かれていた。それを剝がしながら、あれだけ飲んで食べて一人二千五百円の支払いだった事実を思い出し、改めてサイゼリヤの実力に震える。

十一月二十三日

テレビに映る珍しい生き物風の若者二人をまじまじと見つめていたら、それはモデルのぺこちゃんと、りゅうちぇる君だと母から教えられる。

「若い人に人気なんだよ」

「へえ」

「恋人同士なんだよ」

「へえ」

「ぺこちゃんの実家はお金持ちなんだよ」

「へえ」

「りゅうちぇるはちぇるちぇるランドの王子様なんだよ」

「へえ、っていうか、そこも受け入れるのかお母さんは！」

十一月二十四日

ついに雪……じゃなくてアレが降る。この冬初めてアレを除《の》けたが、湿ったアレのあまりの重さにへろへろになる。

十一月二十五日

今朝も大量のアレが積もっている。一時間半かけてアレ除け。手伝ってくれた母が途中、疲れてアレの中に座り込んでしまった。この二日で四十四センチの積アレ。十一月の四十センチ超えは六十二年ぶりだそうだ。冬を乗りきれる気がしない。

37 希望なんてないさ希望なんてウソさ

十一月二十六日

まるで春先のようにあちこちで車が埋まっている。昨日と一昨日とで四十センチ以上もアレが降ったにもかかわらず、市の除雪車が出動しなかったかららしいが、その理由が「とけると思ったんだもん（大意）」だと知って激しく脱力する。いや、そうだよ、とけるんだよ。これは春になれば必ずとけるんだよ。とけなかった年なんて一度もないんだよ。しかしそれでも我々は日々アレを除けてきたではないか。虚しさと闘いながら、懸命に除けてきたではないか。とけるとかとけないとか、そんな表層的なことを我々は問題にしてきたのではない。いつだって真っ白なアレの奥に潜む暗闇を凝視してきたはずだ。それを「とけると思った」とはどういうことか。そんなアイスを盗み食いした子供みたいな言い草があるか。いや、私は怒っているんじゃない、悲しいんだ。もういい。出て行ってくれ。あんたとは、もう親でも子でも自治体でも市民でもなんでもない。今すぐ出て行ってくれ。という気持ちで、ぐずぐずの

道に足をとられながら歩く。

十一月二十八日

元担当編集者のMっちが札幌まで遊びに来てくれる。ミュンヘン・クリスマス市《いち》を見物したいのだそうだ。いつだったか中山《なかやま》峠で遭難しそうな猛吹雪に見舞われて以来、「雪って幻想的、すてきー。それを理解できないキミコさんの感性ってにぶいー」という中学生の寝言のような認識を改めたかと思いきや、雪国の冬への憧憬《しょうけい》は未だやまないらしい。

バスで待ち合わせ場所へ。車内では、前の座席の青年が、窓を鏡代わりにしてしきりに髪の毛を整えるのを見ながら、「あなたが今、気にすべきところは襟足でももみあげでも前髪でもない。中にぐにゃりと折りこまれているコートの後ろ襟だ」と念を送り続ける。直接声をかけてもよかったが、私もだいぶおばちゃんになって大概のことは平気になったとはいえ、さすがに見知らぬ若者のコートの襟をいきなりつかんで「ほれ、あんた！　今からデートでないの？　ちゃんとしないと彼女にふられちゃうよ！」と大声で直す度胸はまだないのだった。というか、まあ別に小声で直してもいいのだろうが、いずれにせよ念が届くようにと祈

る。

夜は海鮮焼きの店でジンギスカン。字面としては妙だが本当だから仕方がないのだ。

十一月二十九日

午後、Mっちとミュンヘン・クリスマス市へ出かける。かつて「かわいい」の基準が合わず、「心が曇っている」だの「いい歳して気持ち悪い」だの罵《ののし》り合いながら場内を回った私たちも大人になって、今年は概《おおむ》ね和《なご》やか。Mっちは、なぜかくるみのキャンドルを買ってプレゼントしてくれた。ありがとう。このまま穏やかに終わるかと思いきや、最後、ホットワインを飲みながら「なんだかウィーンみたい」と感激しているMっちに、「やっすいウィーンだなあ」とつい口走ってしまい、一気に殺伐《さつばつ》とした空気に。ごめんなさい。もう言いません。

その後は、友人たちと合流して飲み会。があこさんが皆に年末ジャンボ宝くじを一枚ずつプレゼントしてくれる。この宝くじ、受け取った瞬間から、なぜかはわからないが一等が当たる気しかしない。おっかさん（渾名）のちょっと早い誕生日のお祝いで、バースデーソングの音程を一人はずしてしまった時すら、「音程ははずれたけど宝くじは大当たりってか！」とやけに強気な気分になった。

十二月二日

父の大腸内視鏡検査の日。母の時も同じだったが、ちょっと目を離すとやらなくていいことを必ずやろうとし、やれと言われたことを確実に忘れる年寄りの世話に追われる。朝の七時からほぼつききりで下剤を飲ませ、午後ようやく病院へ。やれやれと思ったのも束の間、病院では、看護師さんの指示を父と母に向けてすべて二度ずつ繰り返さなければならない無限説明地獄と、いつ終わるとも知れない「ここでお待ちください」地獄が待ち受けていた。ぐったりしつつ「ここでお待ち」すること数時間、日もとっぷり暮れた頃になってようやく父が検査室から現れたと思いきや、

「どうだーい？　だいたい終わったかーい？」

と謎の言葉を掛けて目の前を通り過ぎていった。それ！　こっちが！訊きたいやつ！　ていうか！　どこ行くの！

十二月五日

苦手だった牡蠣《かき》との仲を修復してから早数年。今年もアニキ（渾名）宅での牡蠣祭りの日がやってきた。苦手だった牡蠣を克服した喜びを味わう年に一度のイベントとして、今回も大張り切りで出かける。ところが、存分に牡蠣を食し、ビールを飲み、床に寝転がって猫と遊び、そのまま眠ったまではいつもどおりだったが、目が覚めた時には胃のあたりがむかむかと気持ちが悪い。まさかと思っているうちに、案の定トイレにこもる羽目に。すべてを出し切ってすっきりした胃袋と、しょんぼりする気持ちを抱えて帰宅。アニキたちに迷惑をかけたのもつらいが、帰りのタクシーで財布の中に先日もらった宝くじ券を発見し、「音程もくじもはずれたけど、牡蠣にはあたったってか！」と叫んでいる未来の自分が頭の中をぐるぐるしているのもつらい。

十二月六日

顔がむくんでいる以外は、体調は悪くない。もし牡蠣にあたったのだとすると、こんなにあっさり治るとは思えないので、たぶん何か別の原因があるのだろう。ほっとした。つまり宝くじに当選する可能性はまだ

残っているということだ。

十二月八日

先日の内視鏡検査の際に、腸に良性のポリープが見つかった父。年明けに入院しての切除手術が決まったのだが、「その前にせっかくだから上からざーっとCT撮りましょうか」という、お医者さんのわりと大雑把な提案で検査に赴く。前回と違って下剤を飲む必要が無いので、スムーズに事が進むだろうと油断していたら、採血からなかなか戻ってこない。そっと処置室を覗くと、看護師さん相手に、

「ええっ！　五本も採るの？　そんなに？　そんなに血抜いて大丈夫？死なない？　俺死んじゃうんじゃないの？」

と、話しかける声が聞こえた。冗談なのか本気なのか、年齢的に看護師さんも判断に迷うラインなので、いい加減にそういうのはやめるといいと思う。ちなみに、子供の頃の妹は、ちょっとした怪我や病気のたびに「死なない？　ねえ、私、死なない？」と誰かれ構わず訊いて回る子で、一体誰に似たのか不思議だったのだが、その謎が数十年経って解けた気がする。

十二月十二日

母の誕生日。「何が食べたい？」との私の言葉に、寿司とピザという驚愕《きょうがく》の組み合わせを打ち出してくる。そういえば九月の私の誕生日の時、同じメニューをご馳走《ちそう》してくれようとして、冗談だと思った私にあっさり断られたのだが、まさか本気だったとは。というか、母本人が食べたかっただけだったとは。

夜、同じ十二月生まれの姪と合同で誕生日会。主役二人のリクエストにより、お寿司とピザと空揚げと刺身とケーキを皆で食べる。後期高齢者の母と小学生の姪の食べたいものが完全に一致している。よくわからないが、頭がくらくらした。

十二月十五日

十二月も半ばだというのに、夜になって雨が降る。「今年こそ私が冬を止めてみせる！」と、冬将軍との全面対決を表明してから一年、ついに勝利の日がやってきたのかもしれない。

十二月十六日

市内の積雪がゼロになったとの話を小耳に挟む。いよいよ私の勝利が濃厚になる。

十二月十七日

と、おのれの力に酔いしれたのも束の間、一転してアレが降る。午後からせっせとアレを除けるも、時間とともにアレの威力はますます増し、先月「親でも子でも自治体でも市民でもない」と追い出したはずの市の除雪車を、今度は心待ちにする事態に陥る。なんという屈辱か。

天気予報を観ながら、「アレ」の呼び名について考える。代名詞のままだと不便だし、「雪」と呼ぶにはあまりに忌々《いまいま》しいので、思い切って「希望」と呼ぶことにするのはどうだろう。「あたり一面希望にあふれている！」などと声に出すと、くさくさした気持ちも少しは晴れるのではという、健気《けなげ》な乙女心である。予報によると、明日の朝も希望が積もっているらしい。

十二月十八日

朝起きると、三十センチほどの希望が降り積もっていた。ごらん、街はすっかり希望に覆われている。なんて美しい景色だろう、と真っ白な希望を一ヶ所にかき集め、それをママさんダンプで掬《すく》い上げては融雪機の暗い穴に次々と落とし、地獄の業火のような炎でとかす。やがて跡形もなく消えていく希望……。なんだろう、当初の思惑とは違って、非常に縁起の悪い字面になってしまっているのが不本意である。

夕方からハマユウさんとお酒。待ち合わせのお店に入ると、見知らぬ団体客から口々に「お疲れさまー」「お疲れさまー」の声がかかった。戸惑いつつも素知らぬふりをしていると、「あれ？」「似てるよね」「似てる似てる」との囁《ささや》きが聞こえてきたので、おそらくは人違いだったのだろう。その後、カウンターでハマユウさんに希望について愚痴《ぐち》りながら、自分に似ている人が来るのをそれとなく待つ。ミランダ・カーだったらどうしようかと心配したが、現れたのは眼鏡《めがね》と帽子と背格好が私によく似た日本人女性でした。って、そりゃそうですね。十一時過ぎに帰宅。その日、カウンターで隣り合ったお客さんは、私の本を読んでくれたそうで、

「本と同じで本当に雪かきの話ばかりしている」

と感心してもらえたのがよかった。

十二月二十二日

妹と姪が病気の犬を連れて泊まりにくる。脳腫瘍《のうしゅよう》の疑いありとの診断を受けたらしく、まるで別の犬のように元気がない。トイレも知らせず、ご飯もうまく食べられず、身体は冷え、関節はかたく、神経症状のせいで起きている間はずっとぐるぐる回っている。膝に乗せると少しだけ眠った。

十二月二十三日

用事で出かけた妹に頼まれ、姪と二人で動物病院へ。姪は、ステロイドの点滴を受ける犬に向かって、「注射の時はね、お母さんの手をぎゅううううっと握って痛さを逃がすといいんだよ。私はいつもそうやってるの。そしたらあんまり痛くないの。ほら、やってごらん」と言い、犬の手を握ってあげていた。

38 よぼよぼ三人衆

十二月二十四日

毎年のこととはいえ、仕事も納まる気配がなけりゃ、大掃除も年賀状もお正月の買い物も手付かずの年末。クリスマスどころではないが、子供の頃からの習慣としてサンタさんにお願いをして眠る。去年まではダメ元で「アラブの石油王」とか「現金二億円（非課税）」とか「独裁者免許」とかを頼んでいたけれども、そろそろそういう汚れた大人の心を捨て、日々の小さな幸福を見つめる暮らしをしたいと改心。「朝になったら枕元にダスキンお掃除サービスの人たちが来ていますように」と祈る。ダスキンの人に寝顔を覗かれながら目覚めるのは気恥ずかしいが、それもまた幸せの一つの形であろう。

十二月二十五日

ダスキンお掃除サービスの姿はなく、その代わりといってはなんだが、夕方、隣家の奥さんが雪かきを手伝ってくれる。せめてもの恩返しに、

「今後、隣の奥さんが縫い物をする時は、全部の糸が一度で針の穴を通りますように」と感謝の祈りを捧げた。隣の奥さんが裁縫をする人かどうかはよくわからない。

十二月二十六日

来札中のあっちゃん先輩に会うためにホテルへ。機嫌よく家を出たのはいいが、財布を忘れて取りに戻り、そのせいでバスに乗り遅れ、慌ててつかまえたタクシーは凍結した坂道を登れないという事態に見舞われる。次々と立ちはだかる壁に、これは私と彼女の愛を試す天の試練ではないか、ここを乗り越えて初めて彼女との結婚が認められるのではないか、というか認められたらどうしよう、別に結婚したくないのに。とや や取り乱しつつ、結局、特段の結婚イベントもなく無事に再会。ハマユウさんも交えて昼食にジンギスカンを食する。この後、フィギュアスケートの全日本選手権観戦を控えたあっちゃん先輩は会場の女子トイレの少なさについてしきりに嘆きつつ、途中から飲み放題プランに変更してまでビールをぐいぐい飲んでいた。トイレ、大丈夫だったろうか。

十二月二十七日

そのあっちゃん先輩が手配してくれたチケットで、生まれて初めてのフィギュアスケート観戦に出かける。観戦というよりむしろ鑑賞との言葉がふさわしい静かな集中した空間に、昨日のあっちゃん先輩が酒と羊肉の匂いを振りまきながら身をおいていたかと思うと、非常に感慨深かった。

十二月二十九日

どうせ年末に大掃除するからと片付けを放棄した部屋が危険なほど散らかり、どうせお正月にご馳走食べるからと手を抜いた夕飯のメニューがどんどん質素になっている。年明けまで生き延びられるだろうか。

十二月三十一日

仕事を一つ持ち越したまま大晦日《おおみそか》。両親と三人よろよろと掃除にとりかかり、仕事部屋のあらゆる場所から現れるクリアファイルに唖然《あぜん》としたりする。夕方までの間に、大晦日特別労働歌「よぼよぼ三人衆」「なぜ増えるのクリアファイル」の二曲を、その後さらに「大人、その腰を

痛がる者」と「母よ、それは里芋ではないあなたの指だ」を完成させた。最後の曲は母が正月料理を作っている最中に指をざっくり切ったことを歌ったものだが、流血の惨事に動揺するあまり、労働歌というよりオペラ調の壮大な曲になってしまった。病院に連れて行かなくてよかっただろうか。

年越しは、犬二匹を含めた妹一家と。脳腫瘍の疑いがあった一匹は大学病院での検査の結果、脳炎であることが判明した。薬効が病気の進行のスピードに勝てば、よくなる可能性はあるそうだ。今日は少しだけ元気そう。

大晦日は日付が変わる前に寝ると白髪になると言われて育ったので、お酒を飲みつつ新年を待つ。毎年、昨今の芸能界事情についてなにかしら発見のある紅白歌合戦は、今年は残念ながら特筆すべきことはなく、しかし五木《いつき》ひろしを見た小学六年の姪が「ごきひろしじゃないんだ……」と呟いていたので、姪にとっては学ぶべきことがあったと思う。

一月一日

家族麻雀と人生ゲームと酒。

一月二日
初詣と駅伝と酒。

一月三日
駅伝と酒。

一月四日
三が日が終わったことに気づかないふりをして酒。

一月五日
仕事はじめが今日だということで、新年初の催促電話を受ける。今年もいつもどおりの始まり。よろしくお願いいたします。
夜、「火鍋食べ放題でお腹いっぱいで、眠くて」という知人から、
「帰りの電車でうとうとしてたわー」
「目の前に立った行商のおばあさんの藁《わら》で編んだスカートをちょっと触りたいと指をくいくいしたら、ふつうのお姉さんが立ってたわー」

「おばあさんの藁で編んだスカートどこー」

という酒と眠気が見事な共同作業を行っているラインが立て続けに届く。何度かのやり取り後、無事に帰れたかしらと気を揉んでいると、

「わたしいま、湯船よー」

という唐突な入浴宣言があり、しかもそこからは何を話しかけても、

「ねねはへやはほら」

「だめよわ」

「しまほことふゆぬよほ」

「しまそなやななぬ」

と意味不明な文言しか返ってこなくなってしまった。風呂で溺れそうになっているか、何かが取り憑《つ》いたか、あるいは藁のスカートを穿《は》いたおばあさんの後についていき異世界に迷い込んでしまったか、とおろおろすること数分、これまた唐突に、

「お風呂からでるわー」

「おさわがせしたわー」

「ごめんなさいーー」

と正気に戻ったメッセージが届き、あっという間に寝てしまった。そ

れも怖い。

一月八日

昨年の暮れに一度も忘年会に誘われなかった寂しい私に、友人たちが声をかけてくれて新年会。ありがとう。話題はもっぱら最近の体調と親の高齢化と忍び寄る介護とおのれの老後という、目を背けたいことばかりだったけど楽しかったです。

その老後問題、まさきとしかさんと二人、「わたしゃ昔、本を出したことがあるんだからね！」と誰かれ構わず威張り散らす婆《ばあ》さんになる可能性に怯えていると、オタル先輩が「大丈夫です！　その時は私が後をついて歩きながら、『それは本当です！』と証言します！」と請け合ってくれた。が、よくよく考えると、昔話で威張る婆さんと「それは本当！」と頷く婆さんがセットでいては、迷惑度が倍になるだけだろう。

一月十日

大腸ポリープの内視鏡切除を控えた父の入院準備。とはいえ、三泊で帰る予定なので、簡単な日用品をいくつか用意すれば事足りる。それな

らまあ百円ショップでいいかと店に赴き、洗面用具やスリッパなどを購入。途中、「あらゆる小物を百円ショップで揃える爺《じい》さんとして、百円さんという渾名をつけられるかも……」と弱気になったが、「いや、全部合わせると千円くらいになるので、千円さんと呼ばれるかもしれない」と出世をさせて乗り切った。

一月十二日

父の入院日。検査の時は、自宅で下剤を飲む方式を選択し、本人も周り（主に私）もへとへとになったため、今度は前日から病院で管理してもらうのだ。これで一安心と思いきや、看護師さんの指示を何一つ覚える気がなく、すべて私に尋ね直す癖は相変わらず。一度、娘のいない国で鍛え直してもらうべきと思いつつ、キーッとなりながら同じことを何度も説明する私の横で、母がのんびりと院内を見渡し、

「お父さん、ほら見てごらん。お父さんみたいにお腹の出てる人どこにもいないよ。痩せてよ」

と言い出して、本当に年寄りというのは何を考えているのかわからない。

一月十三日

午後、父の病院へ。私と母の顔を見るやいなや、昨夜から今日にかけていかにお腹が痛く、いかにトイレに通ったかを滔々《とうとう》と訴える。内容自体は「もう俺、本当につらかったんだから！」で要約される話なのでどうでもいいが、看護師さんの言い回しがうつったと思われる「お便」という言葉を多用し、「俺もお便でお便で疲れた」と真顔で言った時はちょっと笑った。

ポリープ切除は予定通り終了。

一月十四日

朝と夕方、二度の雪かき。また隣の奥さんが手伝ってくれた。感謝の証《あかし》として「この先、奥さんの渡る交差点の信号が全部青になりますように」と心から祈る。

一月十七日

出血があり、退院延期になっていた父が帰宅。妹が所用で大阪に行ったために、病み上がりの年寄りと、病んでいる犬と、元気すぎる犬と、小六の姪という手のかかる軍団が一堂に会することに。わさわさした雰囲気の中、サザエさんを観ていた姪が、「あ、そうか、私、カツオより年上になっちゃったのか」と、かつて同い年の横綱が引退した時の私みたいな寂しげな表情で呟いていた。

一月十八日

明け方トイレから出ると、病気の犬がドアの前にぽつりと座っている。見ると、付けていたはずのオムツが外れ、なにやら廊下に点々と落とし物が。「お、お便……」と思わず声に出た自分に驚くと同時に、「お便」という言葉の伝播《でんぱ》性の強さを知る。

一月十九日

世の中の生き急いでいる人が「確定申告」「確定申告」言い始めたので、ウォーミングアップのつもりでPCの会計ソフトを開こうとしたら、なぜかエラーが出て実行不可能となり、これはもう今年は税金払わなくてもいいということだろうか。

一月二十二日

会計ソフトだけではなく、他のソフトも徐々に開けなくなってきているが、先日ドラッグストアで耳にした「スマップの記者会見見た？　キムタクとうちのママが同い年ってないわー。キムタク年下に見えるってか、ママ老けてるわー」との小学生女子の会話を反芻《はんすう》しつつ、見知らぬママにエールを送ることで、今日のところは問題から目を逸《そ》らすことに成功した。

㊴  地獄のIT革命

一月二十四日

まるで命の火が一つ一つ消えていくように、ファイルが一つ一つ開けなくなっていくパソコン。買い替えという言葉が頭にちらつき、「これがすべて開けなくなった時、私のお金も命も尽きるのだ……」と鬱々《うつうつ》とした気持ちで仕事にとりかかるも、「そうだ！　いっそワープロソフトも開けないことにすれば仕事しなくていいかも！」と、暗い出来事の中に一筋の光を見出す。早速、担当さんにこの思いつきを報告すると、「いいから完全に壊れる前に早く書いちゃってください」とバッサリ斬られた。どんな状況でも希望を見出す人間は、時と場所によっては救世主と呼ばれるはずなのに、なぜ今の私は怠け者扱いされるのか。時代というのは理不尽だ。

一月二十五日

午後、雪かき。近頃お隣さんが我が家の除雪をちょくちょく手伝って

くれるので、今日はその恩返しをすべくお隣さんの分も片付けることにする。が、あまりきっちりやり過ぎると、今後、「雪かきのお返しのお返しのそのまたお返しのさらにお返し」みたいなお返し合戦に発展しかねないので、微妙な加減が難しい。迷った末に、お隣の玄関前はきっちり除雪し、ガレージ前は「他人の敷地内に入り込んでしまったミスタースコップが、慌てて引き返す時についつい雪を運んでいってしまった」感じを演出する。見た目とは裏腹な繊細な仕事であるが、それはそれとしてミスタースコップって誰だろう。

一月二十七日

隣の奥さんが雪かきに加え、我が家の玄関前の氷割りを手伝ってくれる。私のミスタースコップ作戦も虚しく、お返し合戦がはじまってしまったのかもしれない。

一月二十九日

今年も確定申告の季節が近づいているが、未整理の領収書、開かない会計ソフト、払った以上に還付してほしい欲まみれの心、開かない会計

ソフト、苦手な計算、開かない会計ソフト、と例年以上にハードルが高い。おまけに十日ほど前からパソコン本体が「ＯＳのライセンス認証が切れてるよー。認証してよー。なんつってー！ うっそー！ 認証できませーんーー！ ていうか、させないよー！」みたいな支離滅裂なことを言い出している。わけがわからない。とりあえず、このＯＳ問題だけでも解決しようとサポートセンターにチャット相談したところ、「こちらで遠隔操作をさせてください」と言われた。おお！ これが噂に聞く遠隔操作！ 興奮して思わず「まるで未来ですね！」と答えたら、「はい、では始めますね」とあっさり流されてしまった。たぶん一日に二十回くらい同じことを聞かされているに違いない。ここは「機械は遠隔操作できても、私の心までは操れなくってよ。おほほほほ」と高笑いしてみせるべきだったと後悔しているうちに操作は終了、「直りませんでした」と、これまたあっさり告げられる。最後の手段だったリカバリも、なぜか実行不可能で呆然とする。

一月三十日

粘ってみたが、体力の限界、気力もなくなり、ＰＣの買い替えをする

ことになりました。という言い回しが誰の何かを説明する気力もなくなり、ふて寝することになりました。

一月三十一日

朝イチで電器屋さんへ走り、「この店で一番安いパソコンを見せてちょうだい」と言ったら、予想以上に安いブツを見せてくれたので、これは却《かえ》って私の手には負えないと判断して、そこそこのを買うことに。以前、三杯で九百八十円の毛蟹がなんとなく怖くて買えなかったことを思い出しながらカードを切る。何かの罠《わな》なのか。

二月一日

ほぼ一日パソコンの設定に振り回されたあげく、会計ソフト復活の望みをかけて古いパソコンから取り出したＨＤＤ《ハードディスクドライブ》をスマホの上に落としてしまう。あっという間に画面にヒビが入り、メールは書けるが送信できず、電話は繋《つな》がるが番号の直接入力はできず、ネットは見られるが検索はできない。つまりは使い物にならない。これは何かの祟りだろうか。この間、つるつるの雪道をスマホ片手に自転車に乗っていた若者に

「危ねーんだよ。死にたいのかよ。スマホともども雪の下に埋めたろか」と心の中で悪態をついたからだろうか。あの若者は人間に姿を変えた機械の神様だったのだろうか。

夕方、往生際悪くスマホを触っていると、掛けるつもりのなかった電話が担当編集者の元祖K嬢に掛かってしまう。切ろうにも操作が利かず「うわーだめだめだめだどうすればいいんだもうだめだ」などと慌てふためく声が相手の留守電に残ってしまった。すぐに消してほしかったが、「面白過ぎて消せません」と言われた。原稿ではなく、留守電で担当編集者を笑わせた女として生きていきたい。

二月三日

スマホが壊れているので、飲み会会場の地図をFAXで受け取る。「そうだよ！　ケータイなんてなかった昔はみんなこうだったよ！」と懐かしい気持ちで手描きFAXを眺めた後、それを忘れて家を出て道に迷うという昭和の飲み会あるあるをきっちりやり切る。腕は鈍っていない。

二月八日

雪かきで痩せた人は今まで見たことも聞いたこともないが、そのことは忘れて「冬はほら、雪かきで運動してるから」と夜中にハムカツを食す。ついこの間までは、お正月に神棚に供えたスルメを「太る成分は神様が全部食べたから」という理屈で毎晩食べ続けていた。どんな状況においても希望を見出すこの能力を、やはり何かに活かせないものか。

二月九日

担当編集者のC嬢に、「お母さん」と呼びかけられる。その時は聞き流してしまったが、「お母さん、もうよぼよぼになっちゃって、ややこしいことわかんないから、ほら、Cちゃん代わりに原稿書いて！」と答えるのが正解だったのかもしれない。

二月十日

雪かき二回。朝はお隣の奥さんが手伝ってくれ、夕方は我が家からミスタースコップが出動。完全に雪かき合戦の様相を呈している。

裏口から出るとなぜか必ず帰り道がわからなくなる不思議な銀行へ行

き、またしても盛大に道に迷う。今日は民家の庭に入り込んでしまった。来た時と同じ道を戻っているはずなのに、どうしてそうなるのか本当にわからない。いや、狐に化かされているのだろうと思うが、だとしたらここの銀行のお金はすべて木の葉なのではないか。今はいいが、何かをきっかけに、ある日突然また木の葉に戻るのだ。ああ、なんということか。とんでもない秘密に気づいてしまった。この日記を読んだ狐の頭取が札束を持って現れ、「これは木の葉ではない本物のお金です。どうかご内聞に」とか言ってくるかもしれない。受け取ろうと思う。

二月十二日

朝から胃のあたりがなんだかもやもやと気持ち悪い。心当たりといえば、昨夜の夕食に食べた牡蠣フライ。昨年の牡蠣祭りで気分が悪くなって以来、久しぶりに口にしたのだが、もしかすると体質的にダメになってしまったのかもしれない。つまり、もう二度と牡蠣は食べない方がいいということだ。悲しい気持ちのまま、終日横になって過ごす。午後三時くらいには全快していたが、気づかないふりをして布団でごろごろしていた。仮病ではなく、心を癒やしたと思っていただきたい。

二月十三日

飲み会に行くと、牡蠣にあたって寝込んでいると思われていたらしく、全員から幽霊を見た時の眼差《まなざ》しで迎えられる。視《み》える人に遭遇した時の幽霊の気持ちが初めてわかった。あれは幽霊も驚いている。

飲み会では、通勤用の手袋を週に一度洗濯するというハマユウさんの発言に衝撃を受ける。が、もしやそれが常識？　と恐る恐る周囲の反応を窺《うかが》うと、周りも驚いていたので安心して「えぇーっ！」と驚き直した。今後も積極的に長いものには巻かれたい。帰り道、気温が高いのか、街に靄《もや》がかかっていた。タクシーの運転手さんが「初夏ですね」と言っていたので、もう初夏です。

二月十七日

初夏ではあるが、日々氷点下にもなる季節。昼間とけた道路が夜には凍るコンディションの中、市内のスーパーに強盗が入る。サンダル履きで雪道を走って逃げて滑って転んで捕まったら住基カードを持っていて身元がすぐに割れた、というどこからツッコんでいいのかわからない強盗。形から入る人間を人は嗤《わら》いがちだが、やはり最低限の形は必要だと痛感する。しかしなぜ強盗先に持参したのか住基カード。

二月二十日

町内の排雪作業の日。道路脇に積もりに積もった雪を運び出してくれる春の使者ということで、毎年お祭り気分で浮かれるのだが、今年は雪が少なく今ひとつ盛り上がりに欠ける。神輿《みこし》の担ぎ手のいなくなった田舎の祭りを見守る古老の気分で、力を持て余す重機を見ていた。

二月二十一日

と思ったら、排雪終了後からまりまりと雪が降り出し、今日は朝から雪かき。

二月二十二日

今日も雪。

二月二十三日

「雪はちらつく程度でしょう」との予報に安心していたら、またしても一日中雪が降り続く。「これがちらつく程度なら私の飲酒も嗜《たしな》む程度だっつーの！」と暴れながら雪かき。

二月二十四日

雪かき二回。雪が少なくて排雪の盛り上がりに欠けるとか言って、本当にすみませんでした。もう許してください。

二月二十七日

小路幸也さんのサイン会に出かける。会場へ向かう途中のエスカレーターで、はしゃいだ若いカップルがいるなあと思っていたら、男性がいきなり手すりに腰掛け、あっという間に停止させてしまった。カップルはバツが悪いのか、間近での目撃者である私の方を振り向き振り向き逃げてしまい、その光景だけ見るとまるで私が犯人みたいではないかと気づいた時には、既に周りから白い目でじろじろ見られていた。男はもうどうしようもないとして、連れの女性を「あんたね、デートで浮かれてエスカレーター止めて逃げるような男でほんとにいいのか？　あれ、強盗する時に住基カード持ってくタイプだぞ絶対！」と、今からでも問い詰めたい。

サイン会は相変わらず盛況。そして小路さんは相変わらずしゅっとしている。人間欲張るとろくなことがないので、そのどっちか一つ分けてくれませんか。

40 みんな生きている

三月一日

ついに三月。昨日まで何食わぬ顔をして雪かき日記などを書き、忘れたふりをしていたのだが、とうとうこの日が来てしまった。三月はつらい。恒例の確定申告だけでもつらいのに、今年はそれに加えてＭＲＩ検査も待ち受けている。ＭＲＩ検査は嫌いだ。狭い所が嫌いだからだ。昔は平気だと思っていたが、数年前、初めて検査を受けた時に「こ、これはダメだ」と気づいた。ＭＲＩの狭さは本物だ。あれに比べれば今まで私が「平気」と思っていた「狭い所」は、「引っ越しの日、妻が三十畳のリビングに真っ先に置いたのはグランドピアノだった。今では毎週末、妻と娘の連弾の音が響く。『最近ママより上手くなったんじゃないか？』そう娘に囁いたのが聞こえたのか、妻は笑顔のまま私を軽く睨んだ。窓から庭の木漏れ日が差し込む。この広さが我が家の幸せの形」みたいな分譲住宅の変なカタログに出てくるリビングくらい広かった。もう自分でも何を言っているのかわからない。検査は明後日。

三月二日

朝の雪かきの最中も、夕方、近所に来たパトカーを二階の窓から覗いて落ちそうになった時も、常に頭の隅で明日の検査のことを考えている。この情報社会、私のような人間でも楽に検査を乗り切る方法がきっとあるはずだとネットで検索すると、オープンタイプの機械を導入している病院を探せ（今から？）とか、カウンセリングを受けろ（今から？）とか、「閉所恐怖症なので検査は本当に大変でした。目の前に天井が迫っていて身動きがとれずだんだん呼吸が浅くなって胸がドキドキして」と読んだだけで苦しくなる描写が延々続いた後で「目をつぶるといいです」（今更？）とか、人間の無力さを思い知らされる情報ばかりが目につく。人類の進歩って何だろう。

三月三日

雛《ひな》祭りだというのに、朝から暗い気持ちで病院へ。こんな悲しいことが他にあろうかと思っていたら、検査前の体重測定で前回（といってもたぶん五年くらい前）より体重が十キロほど増えていることが判明し、

他にもあることがあっさりわかった。しかも造影剤準備のための注射が猛烈に痛く、さらには腕に刺したままのチューブが検査時の着替えで何度も袖に引っ掛かって「ぎゃっ！」となる事態に遭遇し、「あのね！　スタートレックのね！　ドクター・マッコイはね！　二十世紀の注射治療を見てね！　なんて野蛮なって言ってね！　失神したんですよ！　あの名医マッコイがね！　失神するほどのことですよ！　これは！」と悲しみを通り越して密かに荒ぶる。その荒ぶった勢いと十キロ増のショックと検査が俯《うつぶ》せの体勢だったことで、MRI検査はなんとか無事に終了。結果も問題なしで、今となってはこんなに長々と日記に書くべきことだっただろうかと思うが、でもほんと嫌だったんですよ。というか、今も嫌なんですよ狭い所。

三月四日

毎年十月末、気温が一桁になってもまだ半袖姿で現れる「夏の精」ことコープのお兄さんが、担当地区の変更により先週でお別れとなってしまった。今日からは別のお兄さんが登場。何かの精であるかどうか、今後を注意深く見守りたいと思う。

三月五日

友人たちと飲み会。「最近すぐに食べ物にむせるようになった」「飲み物にもむせるようになった」「何もしなくてもむせるようになった」と主にむせる系の老化報告をし合っていたところ、Yさんが「この間、歯磨きの途中で床のゴミを拾おうと頭を下げたら、脳がうがいと勘違いしたのか口の中の水をペッと床に吐き出してしまった」という新手の老化を放り込んできて、場を騒然とさせた。先達《せんだつ》と呼びたい。

三月六日

確定申告と仕事とが同じように切羽詰まってきて、何から手をつけたらいいのかわからないのでどっちも手をつけない、という膠着《こうちゃく》状態が続いている。この期《ご》に及んで「手をつけない」との選択肢があったことに自分でも驚きつつ、夜になってなんとか確定申告の準備をはじめた。会計ソフトが開けなくなったことは痛手であったが、それとは無関係に、この作業がただ向いていないと再確認をする。

三月七日

昔の少女漫画だかポエム雑誌だかにはよく「女の子は優しいものでできてるの　大きな犬のぬいぐるみ　風にそよぐレースのカーテン　甘くてふんわりクリームケーキ　そしてあなたのまぶしい笑顔」みたいなのが載っていたが、今の私は「確定申告は私の苦手なものでできてるの　細かい計算　くそ面倒なレシート整理　ぶれてはいけない仕訳　こつこつマメな帳簿付け　そして税務署　あと税金」といった気持ち。

三月十日

仕事と確定申告に追われているところにもってきて、口内炎と口唇ヘルペスの襲撃を受け、ますます弱ってしまう。何を食べても痛い。でも痩せない。でも痩せない。大事なことだから二回書いてみた。なんという不幸なおばちゃんだろう。税務署もこのかわいそうなおばちゃんに同情し、還付金を五割増し、いや、いっそ二倍という形で励ましてほしいところである。

夜、テレビの松坂慶子《まつざかけいこ》を観ながら、「そういえばこの人はダイエットで何度か話題になっていたのではなかったか」とふと思い出す。検索してみると、痩せたり太ったりを繰り返しつつも着実に貫禄がついて（言葉を選んでみました）いるのがわかった。やはり人というのは、そういうものなのだ。松坂慶子でさえそうなのだ。いわんや私をや。ためしに「松坂慶子でさえ」と呟いてみると、希望と絶望がないまぜになった不思議な気分になれた。なりたくなくてもなれた。

三月十二日

古い知り合いのHさん夫婦から、十数年ぶりに手紙が届く。Hさんの海外転勤をきっかけにお互い連絡先がわからなくなっていたのだが、近々引っ越しをすることになり、荷物整理の最中に私からの年賀状を見つけたのだそうだ。懐かしい気持ちで手紙を読み進めると、昔、私が別の名前で出版した本のことを話題にしてくれていて、その心遣いに胸が痛む。今の話をしようにも、おそらく当時の名前では情報がほとんど得られなかったのだろう。もしかすると失業中と思ったかもしれない。現況を知らせたいが、家庭教師をしてくれていたHさんが「頑張って勉強を教えたのに、こんな馬鹿な文章を書く大人になってしまった……」と悲しむことを想像すると、なかなか踏ん切りがつかない。失敗した。こ

ういう時のために、著作タイトルの中に、にんげんみたいなものだもの的なやつとか、置かれた場所で咲いたり咲かなかったりする感じのやつとかを、紛れ込ませておくべきであった。

夕方から、ハマユウさん宅でストーブ祭り。飲んだり食べたりしつつ、この冬に買った灯油を使い切るという春を告げる祭りだが、皆の予定が合わず例年以上に早い時期になってしまった。まだ雪も降るのに、灯油を使い果たしてこの先どうするつもりか、ストーブ祭りとは名ばかりで、本当はまだこっそり灯油を隠し持っているのではないか。厳しく問い質《ただ》そうと思っているうちに暖かなストーブ前で寝てしまう。ストーブ祭りの罠にまんまと嵌《はま》ってしまった。

三月十四日

郵便局へ行き、ようやく確定申告の書類を送付する。絶対どこかに不備があるような気がしないでもないが、今日のところはとても晴れやかな気持ち。帰り道、浮かれながら寄ったコンビニでは、袈裟《けさ》を着たお坊さんが、『漫画ゴラク』と空揚げ弁当とカップ麺とコーラを買っていた。我々は！　皆！　生きている！

三月十八日

姪の小学校の卒業式。せっかくだからと式へ向かう妹と姪の写真を撮ったら、何の拍子か、和服を着た妹に松坂慶子以上の貫禄が出てしまった。恐ろしくて妹本人には見せられず、式の後、着替える前にさりげなくもう一枚撮らせてもらって事なきを得る。貫禄バージョンの方はこのまま闇に葬るつもりだったが、見れば見るほど見事な女将《おかみ》姿なので、こっそり保存しておくことにした。バレませんように。

三月二十日

先日保釈された清原和博《きよはらかずひろ》被告が、一日五万四千円の特別室に入院したという話を聞いて、「ええ！　五万四千円っ？　一日五万四千円？　そんな部屋に誰が入るの？　入る人なんているの？　誰？　誰？　誰なの？　あ、清原か！」と一人でうろたえている母に、庶民の切なさを見る。

三月二十三日

今週末から二泊の予定で出かけなければならないというのに喉が痛い

ような気がして覚えていらっしゃるでしょうかこういう肝心な時に病気になる現象を我が家では「いがぼん」（因果なカラス盆に腹病む）と呼んでいるのですけどでもこれ風邪じゃないし風邪じゃないし風邪じゃないし。

三月二十五日

風邪じゃないけど、念のために近所の病院へ。受付を済ませてすぐ、検査のために、喉（溶連《ようれん》菌）と鼻（インフルエンザ）にぐりぐりと綿棒を差し込まれる。心の準備が不十分だったというか、インフルエンザは喉が痛いっつってんのに何で鼻に尋ねるかなというか、涙と鼻水ででろでろになりながら、「ドクター・マッコイ！　見て！　二十一世紀になっても！　我々は！　鼻に綿棒を！　綿棒をですね！　ぐりぐりと！　野蛮ですか！　これ野蛮ですよねー！」と心の中で絶叫する。結果はどちらも陰性。よかった。よかったが、どうも私は検査に弱い。

三月二十六日

今日は何の日かご存じでしょうか。そうです、道民悲願の北海道新幹線開業日です。計画から四十三年、「必ず開業する」と言われ過ぎて、逆にいつまで経っても閉店しない閉店セールみたいにずっとこのままかと思っていたら、本当に開業して驚いております。

朝からテレビは特番を組み、中には涙ぐむキャスターもいるほど。そしてそんな騒ぎを横目に、飛行機で東京へ向かう私。いや、だって東京より遠いんだもん、新幹線の新函館北斗駅。でも、いつかお金と暇ができたら乗ってみたい。

というか、本当は翌日の北陸旅行のことまでを書こうと思っていたのに、枚数が足りなくなってしまった。何年この日記を書いていて字数計算ができないのか。Hさんが知ったら、さぞかし悲しむだろう。どうもすみません。

㊶カニ雑炊vs織田無道

三月二十七日

午前六時半、北陸旅行のために、C嬢と二人で上野《うえの》駅を目指す。昨夜はC嬢宅に泊めてもらった。寝不足気味なのは、昨日なかなか寝付けなかったからで、どうして寝付けなかったかというと、「明日、C嬢に『夜中にクローゼットの扉の隙間から誰かがじっとこちらを見ていたよ……』とか言ったら彼女、私が帰った後で怖いだろうな、うひひひ」などと考えているうち、自分が本気で怖くなったからだ。わかっているので、バカって言わなくていいですよ。

上野からは北陸新幹線で金沢《かなざわ》へ。奇《く》しくも前日、我が北海道新幹線が乗車率がらっがらの予想とともに開業したばかりで、そんな時に人気の北陸新幹線に乗るなんて、まるで病気の子供を置いて一人ディズニーランドへ出かけるようで心が痛むと思いきや、豈図《あに》らんやこれが楽しかった。ああ、ごめんね、北海道新幹線。薄情な母を許しておくれ。

観光客で大賑わいの金沢市内を巡り、午後からは福井の東尋坊《とうじんぼう》へ。さ

らに夕方の相撲中継に間に合うように、粟津《あわづ》温泉の宿に向かう。部屋へ通されると同時にテレビをつけ、そのままC嬢と仲居さんと三人、なんとなく土俵に見入ってしまう。琴勇輝《ことゆうき》が登場したところで、ふいに「身長は何センチですか？」と仲居さんから質問。「た、試されている……。私の相撲愛が試されている……。琴勇輝の身長をすぐさま答えられる者が本当の相撲ファンということなのか」と焦っていたら、訊かれてるのは私の身長だった。浴衣《ゆかた》のサイズが知りたいのだそう。そりゃそうですね。すみません。

夕飯は蟹をお腹いっぱい食べようと張り切っていたにもかかわらず、途中でギブアップ。〆の蟹雑炊にまで辿りつけなかった。歳はとりたくないのう。

三月二十八日

朝、五時前に目覚める。八時の朝食まですることがないので、温泉に浸《つ》かり、マッサージチェアで揉みしだかれ、ビールを二本飲む。することがないって素晴らしい。

チェックアウト後は兼六園《けんろくえん》や金沢城《かなざわじょう》公園など、金沢市内観光。お城

もなく、お殿様もいない土地で生まれ育ったので、城下町を歩くだけで気分が高揚する。イギリスを訪れたアメリカ人もこんな気持ちですか？　ハローハローエブリバディ！　と妙なテンションのまま一日を過ごした。

ちなみに編集者であるC嬢は、要所要所で自社から発行されているガイドブックを開き、「わあ！　この本とってもわかりやすい！」とステマに余念がない。もちろん私も「ああ、本当だ！　どこの出版社だろう！　J社だ！」と積極的に協力した。とてもいいことをしたと思う。

夕方の新幹線で東京へ戻り、名残を惜しむ間もなく、羽田から北海道へ。

三月二十九日

旅行前にやり残した仕事を猛然と片付けなければならないのだが、つい旅の余韻に浸ってしまう。とりわけ食べそこねた蟹雑炊への思慕やみがたく、空腹になるたびに「ああ、あれが今あれば……」と胸を掻《か》きむしられる思い。

四月三日

夕方から飲みに出ようと地下鉄駅行きのバスを調べたところ、二時間

に一本しかなく、しかも最終が十七時一分という驚きの事実を初めて知る。ごらん、ここは札幌、百九十万都市。地下鉄駅へ向かうバスが、午後五時で終わる街……。なんとなく悲しい気持ちで「バスは一日一度来る」と、吉幾三《よしいくぞう》の『俺《お》ら東京さ行ぐだ』を口ずさみながら乗り込んだところ、終点まで乗客は私一人きりで、降りる頃にはさすがの私も「これ、五時台のバスも要らないのでは」とのまさかの結論に達した。

海鮮居酒屋と焼き鳥屋をはしご。二軒とも頼んだ料理がすべてイメージと微妙に違い、さらにテーブルは寒いがトイレが異様に暖かいという、コントみたいな店だった。わざとだろうか。

四月七日

仏壇のない我が家に、朝からなぜか線香の香りが漂っている。思えば昔、同じようなことがあった。我が家の墓に見知らぬ人の骨が無断で入れられており、その始末をしている時期に、突然家の中に線香臭が漂ったり、母と妹が「最近、和室に誰かいるよね？」「作業服姿の男の人じゃない？」「そうそう、白髪《しらが》まじりのおじさん」などと、理解不能な不穏な会話を交わしたりするようになったのだ。考えたくはないが、もし

かすると今もそれに匹敵する何かが起きているのかもしれない。そう思い恐る恐る母に尋ねると、

「どうだべ。歳とったら、そういうのわかんないんだよね。鼻も利かないし」

とあっさり言われてしまう。一体この不自然なまでの素っ気なさは何だろう。突然の無関心。

考えられるのは力の引き継ぎである。母が力を失い、それが私に引き継がれた。つまり、これは私だけが感じる匂いであり、今後も私は母に代わり、見たくもないものを見たり、聞きたくもないものを聞いたりする日々を送るのだ。なんということだ。私はそんな暮らしを望んではいない。今までと同じようにささやかな日常を送りたい。たとえばこんなふうに。と、部屋干ししていた洗濯物を畳んだその時、まさにそれまで見えなかった答えが見えた。

「なるほど！　新しい！　柔軟剤が！　線香の！　匂い！」

四月十日

夜、茶の間でうとうとしている母の頭に、持っていたスマホを落とし

てしまう。しまったと思った瞬間には、母の額からは「ゴッ」という嫌な音が、喉からは「ぎゃ！」という悪魔の叫びのような音が響いていた。慌てて謝る私を、母はしばしぼんやり見つめていたが、やがて「羽生結《はにゅうゆ》弦《づる》くんの『情熱大陸』見たかった……」との言葉を残して寝室に入ってしまった。寝ぼけているのか、負傷によるうわ言なのか判別がつかず、これが最期の言葉になってしまったらどうしよう、とドキドキしながら『情熱大陸』を録画する。

四月十一日

母、いつもどおり起床。それどころか早朝まだ寝ていた私の部屋を覗き、「茶の間のテレビのリモコン、あんた部屋に持って来てるでしょ」と言うが早いか、前夜私がうっかり持ち込んだらしいリモコンを発見するという、いつも以上の冴えを見せた。昨日の事故で、何か頭のスイッチが入ったのかもしれない。

四月十五日

北朝鮮のミサイル発射のニュースを見た母が、「なんだっけ、ほら、

ミサイルの名前。ドノン？　ドヨン？　ヨドン？」と、なかなか「ノドン」に近づかないうえに、今回の正解は「ムスダン」だったという通常運転に戻っていたので、それはそれで安心だと思った。

四月十七日

ふだん冷蔵庫の中身などまったく気にしない父が、「ケチャップとマヨネーズがないって言ってたべ？」と、買い物をしてきてくれる。聞けば「ふと思い出して」わざわざスーパーに行ってくれたのだそうだ。ふと思い出して。わざわざ。ケチャップとマヨネーズを買いに。ありがたいのはありがたいが、そんな怪しい話はないだろう。そこでこっそり父の部屋に入って確認すると、案の定、体重管理のために医者から控えるように言われているお菓子も大量に買ってきていた。黙っていればバレないものを、なぜ見え見えの工作をするのかが本当にわからない。

とはいえ、お菓子だけを内緒で買ってきた場合は、スーパーの袋をガサガサいわせつつ、日ごろ廊下を歩く時には頑《かたく》なに履くスリッパも蹴散らしたまま、まるで何かから逃げるようにばたばたと駆け足で自分の部屋へ入るので、これもすぐにバレる仕組みになっている。なんだろう。

隠し事をする回路を忘れて生まれてきたのだろうか。

四月二十一日

この春初めて気温が二十度を超える。浮かれる気分とは裏腹にみっしり仕事。

四月二十二日

今日も気温二十度超え。そして仕事。

夜中にテレビの前でビールを飲みながら、北陸旅行で食べられなかった蟹雑炊のことをしみじみ考える。我ながら非常に執念深い。私には数年周期で「そういえば織田無道《おだむどう》って今は何してるんだろう」とネットで猛烈に彼のことを検索する癖があり、常々「死ぬ時にその周期がやってきて、織田無道のことを考えながら息絶えるのは嫌だなあ」と思っているのだが、でも今回の件で、蟹雑炊のことを考えながら死んでいける可能性も出てきた。それくらい蟹雑炊のことを考えている。ある種の究極の選択っぽいが、織田無道よりは幻の蟹雑炊の方が穏やかな最期を迎えられそうな気はする。なんとなくだけど。

四月二十四日

家の廊下に虫が這《は》っているのを見つけて、「ひっ！」と叫び声を上げた後によくよく見ると糸くず。なあんだと素通りし、その数時間後、また同じ場所で「ひっ！」と叫んでしまう。どうして最初の段階で拾わないのか、自分でもよくわからない。いろんなことをちゃんとする回路を忘れて生まれてきたのだろうか。

四月二十八日

仕事が詰まってくると、乗り物に乗り遅れる夢を頻繁に見る。今日は東京駅で乗るべき電車を探して迷子になっているうちに、手に持った生《なま》鯖《さば》が刻一刻傷んでいくという黒ひげ危機一髪的な夢を見た。電車の時間は迫る、鯖は腐る、せめてこの剝き出しの鯖だけでも何かで包もうと売店で買った新聞が一部四千八百円と、どうやら私の人生、かなり追い詰められている。

四月二十九日

春の嵐。GW初日だというのに、道内のあちこちで大雪が降り、札幌も最高気温は五・五度。そんな中、寒さに震えながら、友人と三人で飲みに出る。飲みながら、先日の二十度超えの二日間を思い出し、同じ二十度超えでも一日目と二日目ではどちらの体感温度が高かったか、風はどちらが強かったか、日差しはどうだったかを克明に語り合う。まるで生涯にたった一度、本当に好きな人とデートした日のことを永遠に反芻しながら残りの人生を生きていく王女のような道民の切ない姿であり、これを『ローマの休日』現象と名付けることにする。

ちなみにこの日の全国版ワイドショーでは、「今日の北海道はすっかり雪景色で、新緑を楽しもうと行った旅行客はがっかりですね」的なことを言っていたが、たとえ晴れていようが四月に新緑なんて到底見られないからチューイして。

42 超人(?)キミコ

五月二日

風呂に入りながら、昨日観たテレビのことを思い出す。今の常識が、我々の時代とはだいぶ変わっているという番組だ。

それによると、仁徳《にんとく》天皇陵は仁徳天皇陵ではなくなり、鎌倉幕府はいい国つくらなくなり、そして人間の細胞は六十兆個ではなく三十七兆個になったらしい。三十七兆個。高校の生物の先生に「おまえらは！　六十兆個の！　細胞を！　無駄遣いしている！」と説教され続けた身としては、なんとも心細い数字だ。だいいち、あれ以来ずっと六十兆個だと思ってやってきたのに、今更急に三十七兆個だといわれても、気持ちの整理がつかない。残りの二十三兆個はどうなったのか。今頃、科学の闇の底で膝を抱えて震えているのではないか。なんだか寂しくなって、「おまえ、だいぶ減っちゃったね」としんみり身体を洗っていたが、そのうちに「ちょっと！　二十三兆個も減ったのに、全然痩せてないってどういうこと！」と猛然と腹が立ってきた。何一つ理屈が合っていないのはわかっているが、突然の別れは人を感情的にさせるものなのだ。

五月四日

今月は予定が詰まっており、さまざまな角度から客観的に検討した結果、それらをこなすには九日の日に超人的な働きでもって、あらゆる仕事と用事を一度に済ませなければならないことが判明する。今日までずっと、独裁者になって「我が民よ！　カルボナーラとカルボラーナはどっちが正解か覚えられないから、どっちでもいいことにするぞよ！」などと好き放題やることのみを夢みてきたが、まさか独裁者より先に超人になる日が来るとは思わなかった。

五月六日

二ヶ月にいっぺんの通院日だが、仕事がえらいことになっていてなかなか時間がとれない。ダメ元で病院に電話して「診察は受けずに、いつもの薬だけもらうことはできますか？」と尋ねてみると、感じのいいお姉さんが「できますよ」とまさかの即答。大喜びで詳細を尋ねたところ、「では、お薬を処方する前に先生とお話をしていただく必要があります

ので、いつものように受付をしてください」
と爽やかに言われる。おばちゃん、専門家じゃないからよくわからないけど、世の中ではそれを診察と呼ぶのではないかしら。どうかしら。
というか私、ごまかされたのかしら。

五月七日

今日は、演劇鑑賞から三浦大知《みうらだいち》ファンクラブイベントを経て夜は宴会と、ふだん家から一歩も出ないような生活をしている私にとっては大移動の日。体力の配分を間違えると大変な目に遭いそうなので、とにかく省エネを心がける……はずが、出がけからバスに乗り遅れそうになって全力疾走してしまった。気を取り直して、「演劇集団ＲＥ《アールイー》」の公演へ。酒飲んで酔っ払ったことしか書いていないと評判の私の本『枕もとに靴』の数少ない良心部分を、お芝居にしてくださったのだ。知っている話のような知らない話のような不思議な気分で観る。
終演後は挨拶もそこそこに、三浦大知ファンクラブイベントへ急ぐ。私は会員ではないが、会員に一人おまけをつけてもいい制度のようで、そのおまけとして連れて行ってもらったのだ。ボウさん、ちづえもん、

オタル先輩という熱烈ファン三人衆に手を引かれ、初めてのナマ三浦大知。彼女たちの熱心な布教にもかかわらず、今まで「歌とダンスの上手な若者」という程度の認識しかなかったが、直に聴く歌声は、まるで何かの祝福のようだったので、人類滅亡の時は彼に歌ってもらいながら我々は滅びるといいと思った。スタンディングと聞いていた会場に椅子が出ていて体力も温存。「え、椅子？　踊れないじゃん！」と怒ってる見知らぬ娘さんには、「すまんねえ。おばちゃん朝から全力疾走してよぼよぼなんじゃ。おばちゃんに免じて許しておくれ」と心の中で謝っておいた。帰り際、ボウさんたちから、三浦大知ファンであり、かつ私の読者でもあるという奇特な方を紹介されたので、著書にサインをする。場所が場所だけに「三浦大知」と書いた方がよかったかもしれない。

その後は宴会会場へ移動。東京から来札中のにごちゃん、ぶーやん、あっちゃん先輩を囲んで賑やかに飲む。にごちゃんがオリジナルシールをスマホに貼ってくれたのをすっかり忘れ、帰りのタクシーの中で「あっ！　誰かほかの人のを持って来てしまった！」とひとり慌てた。

五月八日

東京組の三人を交えて、少し早めの花見に出かける。道産子組は私とハマユウさんとアニキ。アニキは元々お酒を一滴も飲めず、さらに現在気合のダイエット乙女だというのに、私たちの花見酒のための送迎を引き受けてくれたのだ。その気持ちに応えるため、車に乗り込むとほぼ同時にビールを開ける五名。飲んでこそ、である。

一時間ほどで目的地の公園に到着。桜はまだ五分咲き程度だったが、天気もよく人出も多い。しかし、その人出が災いしたのか、到着してほどなく「タンクの水がなくなってしまったため、園内のトイレはすべて使用不可です」という信じられない事態に遭遇してしまう。動揺し、「で、ではどこへ行けばいいですか？」「近くのコンビニに」って奥さん、そのコンビニは数キロ離れているのだった。仕方なく早めに撤収してコンビニへ。トイレ待ちの列はやはり長かったが、棚に並んだ成人用雑誌の表紙を、ぶーやんが音読するのを聞くなどして、楽しく過ごす。「五《い》十路《そじ》」「六十路《むそじ》」「熟《う》れ熟れ」「奥さん」。どうやら熟女方面に手厚いラインナップのようであった。ちなみにぶーやんは、行列中にキャンプ用の簡易ジンギスカン鍋も見つけて買って帰っており、並び上手なのである。

札幌に戻った後は、東京組を空港行きのバス乗り場で見送る。車内で

は、ワンカップ片手に乗り込んだあっちゃん先輩が、酔いのせいかどうか一つ手前の停留所で「降りまーす」と元気よく通路に飛び出し、それを「びっくりしたよ」と教えてくれたにごちゃんは、記念に持ち帰ったジンギスカン屋の箸袋をチケットと間違えて料金箱に入れたそうで、皆さん、なかなかのご活躍なのだった。そしてその頃、私とハマユウさんは居酒屋を三軒はしご。行く手に次々と飲み屋が現れてなかなか家に着かず、狐に化かされたのかと思っていた。

五月九日

独裁者にも超人にもなれませんでした。

五月十日

『陸王』刊行記念行田《ぎょうだ》ツアーのために上京。「このことは極秘にしていてください」と担当編集者の元祖K嬢に何度も釘を刺されていたため、『陸王』仲間のハマユウさんにも言えないまま来てしまった。先日の花見の時も、「陸王、まだ単行本にならないですね」「う、うん」という会話を交わしたばかりなのだ。「う、」の一瞬の間で真意を汲《く》みとってくれ

てはいないだろうか。夜はK社のI嬢と打ち合わせ。東京都下民の悲哀を聞く。

五月十一日

午前九時過ぎ、元祖K嬢と行田へ出発。電車では元祖K嬢と二人、なぜか死にかけ体験を告白しあう。カナダ留学中、大雨で増水した川をタイヤで下って転覆した元祖K嬢と、小一の時に踏切のレールの溝に足を嵌《は》めたら抜けなくなった私。最初はお互い「死ななくてよかったね」と言い合っていたが、やがて「どっちが阿呆か」というところにやんわりと論点が移る。結論は出なかったものの、どう考えても留学する歳になっての増水川下りではないか。

行田で『陸王』の連載担当だったHさんと合流。行田ツアーの詳細をほとんど知らされていなかった私は、気がついた時には地下足袋《じかたび》を履いて埴輪《はにわ》を作りクイズを解きながら居酒屋を探していたのだった。一日歩き回って行田を堪能した後、最後の店でややぐったりビールを飲んでいると、おにぎりを食べたHさんが「炭水化物すごい！　目の前がぱーっと明るくなりました！　今から仕事もできます！」と言い出した。それ

はいいことを聞いたと、早速お茶漬けで炭水化物を摂取。するとどうでしょう、仕事どころか、たちまち猛烈な眠気に襲われたではありませんか。「Hめー」と思いながら、帰りの電車で爆睡。

五月十二日

J社のC嬢、吉田伸子さん、そしてMっちが、井《い》の頭《かしら》自然文化園に象のはな子を見に連れて行ってくれる。でも、その前に昼食がてら焼き鳥屋で軽く一杯……のつもりが重く三杯くらいになり、さらにはな子の体調を考慮して公開時間が以前より短くなっていたため、公園に着いた時にはギリギリの時間になっていた。チケット売り場のお姉さんの「間に合わないと思いますよ」の言葉を振りきって一目散に突き進み、なんとか三分ほどはな子に会う。はな子は初夏の陽《ひ》を浴びて、静かに立っていた。

その後、バスで羽田まで行き、空港でまたビールを飲む。三人は、私が「口止めされている」と言えば言うほど、昨日、私がどこで何をしていたのか知りたがり、さまざまな憶測を語った後、最終的に「軽井沢《かるいざわ》で女優さんと相撲談義をしていた」と結論づけていた。

五月十五日
先日と同じ公園へ、今度は道産子メンバー七人で花見に行く。花は盛りを若干過ぎ、風は強く、気温も低かったが、幸いトイレは使用可能だったので、それだけで満たされた気分になる。未だダイエット継続中のアニキは、皆が持ち寄ったおかずにはほとんど手を出さず、持参したお弁当を「これ、あっという間に食べ終わっちゃって、つまんないんだよね」と言いながら、本当にあっという間に食べ終わっていた。
札幌に戻って居酒屋へ。毎年のことだが、花見の後、暖房の入った店でぬくぬくと酒を飲む喜びに何か名前をつけたい。

五月二十日
突然暑くなる。気温二十八度。どうしていいかわからない。

五月二十一日
さらに暑い。どうしていいかわからないので、薄着で体重計に載ってみた。

五月二十二日

今日も暑い。炎天下の中、植木鉢を外へ出す役目を母から仰《おお》せつかる。帽子もかぶらず軽い気持ちで始めてしまったが、外階段を何往復もし、さらに三十分ほど外で作業をしたら、へろへろの汗だくになってしまった。夕方になっても頭痛や息切れや怠《だる》さがおさまらず、もしやと思って首や腋《わき》の下を冷やしたら元気になったので、あるいは熱中症的な何かだったかもしれない。へろへろの時、父に「ヒョウ柄を着ている人は太っているのか?」という質問をされ、その時は具合が悪いから意味がわからないのかと思っていたが、元気になった今も何を言っているのかよくわからない。

㊸ キミコの見る夢

五月二十三日

知り合いからアズキナをいただく。山菜の季節が今年もやってきた。おひたしにして食べる。

五月二十四日

知り合いからウドをたくさんいただく。ああ、本格的に山菜の季節が……などと言っている場合ではなく、父がこの段ボールいっぱいのウドに気づく前に、なんとか早く食べ切ってしまわねばならない。今日もおひたし。夕食の時、「お？　これどうしたの？　もらったの？」と父に言われ、どきどきしながら頷いた。

五月二十五日

ウドを酢味噌和《すみそあ》えにして食べる。なかなか減らない。焦る。

五月二十六日

ついに父にウドの全容を知られてしまう。父は、「こんなにたくさん！」と驚いた後、「天麩羅が食べたいウドの天麩羅が食べたい死ぬ前に食べたいいつ死ぬかわからないから今食べたい食べずに死んだら化けて出る（大意）」と予想していたとおりのことを、予想以上の悲壮感を漂わせて言った。後期高齢者になっても失せない揚げ物への情熱。揚げ物星人かなにかに洗脳されているのだろうか。とりあえず、いま取り組んでいるらしいダイエットについてはどう考えているのか問いただすと、「だって、天麩羅、甘くないから太んないべさ」と、さすが「餅は野菜である（肉でも魚でもご飯でもないから）」との独自の栄養学を持つ父らしい答えが返ってきた。

私としては、洗い物は増えるし、ガス周りはべたべたするし、家が油くさくなるしで一ミリも気が乗らないが、今際《いまわ》の際《きわ》に「あの時……ウドの天麩羅……食べたかった……食べた……かったよ……キミコ」とか言い遺《のこ》されても夢見が悪いので、夕飯は天麩羅にする。せめて楽をしようと、「コツのいらない天ぷら粉」とやらを初めて買いに行ったら、近所の店には置いておらず、結局、「コツのいらない天ぷら粉」に似てはいるものの、コツがいるのかいらないのかはわからない天ぷら粉を買った。使ってみるとこれも十分コツがいらないように感じたが、「コツのいらない天ぷら粉」はこれよりさらにコツがいらないかもしれないと思うと、今すぐにでも「コツのいらない天ぷら粉」で天麩羅を揚げてみたくなり、まんまと揚げ物星人の罠にはまるところであった。危ない。

五月二十八日

あまり大きな声では言えないが、今日の今日までカピバラのことを「カピパラ」だと思っていた。何の疑いもなくずっと「カピパラ」と発音していた。全然知らなかった。どうして誰も教えてくれなかったのか。もしや陰で私のことを「カピパラおばさん」と呼んで笑っていたのか。「カピパラおばさん、今日もパラパラ言ってたぜ」とか。なんということだ。アボカドについては細心の注意を払っていたというのに、まさかカピバラに足を掬われるとは。おひたしも本当は「おしたし」だったらどうしよう。今月の日記を読んだ人が、今度は「おしたしおばさん」と私のことを笑うのだ。「おひたしおばさん、今日もひたひた言ってたぜ」。ああ、いやだいやだ。生きづらい世の中だ。それもこれもカピバラのせ

いだ。カピバラはアボカドと二人、名前を考え直す旅に出てほしい。

六月一日

仕事の続きをしようとワードを立ち上げたら「ファイルが見つかりません」と言われて、一瞬にして絶望の淵《ふち》に立たされる。書きかけの原稿を必死に探すも見つからないので、泣く泣く担当さんに報告。それにしても「ファイルが消えました」という説明が、「原稿を犬に食べられました」と同じくらい嘘っぽく聞こえるのはなぜだろう。

お昼は母のリクエストにより、今夏初のグリンめん。北海道ではよく見るクロレラ入りの冷麦《ひやむぎ》だが、現在の気温は十度である。「寒くない？」と母に尋ねると「ストーブつけるから大丈夫！」と即答した。ストーブの前でずるずると冷たい麺をすすって、六月。

六月二日

よく行く居酒屋のマスターがチケットをプレゼントしてくれたので、ハマユウさんと札幌ドームで野球観戦。前から二列目という素晴らしい席である。が、即《すなわ》ちそれは急階段で定評のある札幌ドームの階段を、ト

イレのたびに登山のように上り下りしなければならないことを意味すると、球場に着いてから気づく。今までこんな良席での観戦はなかったから実感できなかったが、見上げると通路は予想のはるか上。どれくらい上かというと、ここのところ話題になっていた日ハムの本拠地移転話に、突如賛成するくらい上である。今まで正直どうでもよかったが、この急勾配が解消されるなら移転して！　といきなり態度を変えた。

それにしても、この階段をビール背負って何往復もする売り子さんはすごい。雲がたなびいていそうな頭上から、私のためにビールを運んできてくれるのだ。天使と呼びたい。

六月三日

筋肉痛。

六月七日

朝から区役所へ。地上のドアから入ったはずなのになぜかそこは地下、というだまし絵みたいな役所で今回もきっちり迷う。用事を済ませた後、来た通りの通路を戻ったはずなのに、なぜか駐車場ではなく区民センタ

ーに出たりして、本当にわけがわからない。そういえば年に数回の利用とはいえ、役所の手続き自体も毎回のように細かいシステムが変わっていて混乱する。帰り道がわからなくなる銀行といい、区役所といい、この街は狐に乗っ取られているのかもしれない。

帰りにその銀行へ寄ると、客は私一人。最初は喜んでいたが、あまりにも本格的に一人きりなので、だんだん不安になってくる。狐が何かよからぬことでも企てているのか？　というか、もしやこの銀行にお金を預けているのは私だけでは？　などと心がざわつく。閑散とした銀行は精神衛生上よくないことがわかった。

六月八日

コープの宅配で「北海道産わけあり塩さんま四尾入り」が届く。注文時から「彼らに一体どんなわけがあるのだろう。仕事の悩みだろうか、家庭のことだろうか、それとも悪の組織の秘密を知って逃げ出したとかだろうか。せめて私くらいは、一匹一匹話を聞いてあげよう」と思っていたのに、届いた時には口封じのためか、既に全員頭を切り落とされカチンコチンに凍っていた。誰がこんな酷《ひど》いことを……と胸を痛めながら

夕飯用に解凍、焼いて食べた。

六月十一日

仕事が立て込んでいてなかなか買い物にも行けず、気がついた時には野菜室で犬でも飼えそうなくらい冷蔵庫が空っぽになっていた。このままでは一家三人飢えてしまうと、重い腰を上げてスーパーへ。ところが、いつものように店に入ると、なぜかやけに人の姿が少ない。本来なら夕飯の買い物で活気づく時間のはずだが、人影は数えるほどしか見えず、客より店員の数の方が多い。先日の銀行といい、この街はやはりどこかがおかしい。照明だけが煌々《こうこう》と明るい店内を落ち着きなく回りながら、ふと私は目覚めようとしているのかもしれないと思い至った。

つまり、この世界は私の見ている長い夢であり、現実の私はどこかの病院のベッドで、もう何年にもわたって昏睡《こんすい》状態にあるのだ。誰もが諦めかけた私の覚醒。だが、その脳に今まさに奇跡が起きようとしている。徐々に目覚めの時が近づき、そしてそのたびに夢の中から人が少しずつ消えるのだ。銀行から人が消え、スーパーから人が消え、公園から消え、駅からも消え、やがて友人も家族も消える。最後には、空も木々も月も太陽もすべて消えるだろう。いま私の目の前に広がる光景は、すべて幻なのだ。そう思うと、なんだか切ないような、悲しいような、どうせ夢だからお金を払わずに帰ってもいいような気がしたが、万が一こっちが現実だったら大変なことになるので、支払いはした。

六月十六日
この世界が夢なら、もう仕事もしなくていいような気がしたが、万が一こっちが現実だったら大変なことになるので、せっせと働いた。

六月十七日
この世界が夢なら（中略）働いた。

六月十八日
この世界（中略）働いた。
ジャニーズ好きの母が『ザ！鉄腕！DASH!!』の再放送を見ながら、「0円食堂」でTOKIOが我が家を訪れた場合のシミュレーションに余念がない。我が家は農家でも食料品店でもなんでもないが、それは関係

ないそうで「冷蔵庫の中のものは全部捨てると嘘言って持っていってもらう」と高らかに宣言。それはまあいいとして、「その時はちゃんとキミコもテレビに映ってよ！　いつもみたいなよれよれの変な格好してたらダメだからね！」と、どさくさに紛れて私の部屋着のセンスにＮＯを突きつけてきて、とんだとばっちりである。

六月十九日

コパーゲ夫妻が浜益《はまます》の港の朝市に誘ってくれたが、仕事が終わらずに断念。しょんぼり仕事をしていると、夕方、わざわざヒラメといちごのお土産を届けてくれた。どうもありがとう。よれよれの変な格好でありがたく受け取る。

夜中の三時過ぎに仕事を終えて寝ようとしたら、空がもう明るい。一年でもっとも日の長い季節。ということはもうすぐ夏至。夏至のことを考えて暗い気持ちになる。

六月二十一日

夏至。ツイッターでは道民たちが「明日から日が短くなるばかり」と絶望している。同志よ。

六月二十六日

昔なじみと高校時代の話をしていた時、クラスメイトの顔や名前をあまりにも覚えていない自分に気づいて愕然《がくぜん》とする。自力で思い出せる人が数えるほどしかいない。やはり私はどこかの病院で昏睡状態に陥っており、そのせいで記憶の細部があやふやなのだろうか。記憶を取り戻すため卒業アルバムを取り出したものの、眺めているうちに当初の目的を離れ、出世していそうな人に目星をつけてネット検索するという悪趣味に走った。出世しているかどうかは別として、男子はわりと禿げつつあった。時の流れである。

六月二十九日

寒い日の多い六月だったが、昨日今日と夏日が二日続いたところで、賭けのような気持ちで夏布団に切り替える。しかし、日が暮れるとたちまち気温は下がり、賭けは負け。夜、すごすごと電気毛布を入れた。

44 ハニー、その不憫な子

七月一日

担当編集者の元祖K嬢から、「『陸王』特集」で作った埴輪の掲載ページのイメージ画像が送られてくる。制作途中から「気持ち悪い」と評判だった私の埴輪は、モノクロ写真となることで粘土特有のぬめぬめ感がさらに際立ち、掲載コードぎりぎり的な生々しさを醸《かも》し出していた。つい笑ってしまう。元祖K嬢は「掲載時には焼き上がった埴輪の写真と差し替えるので違った印象になりますよ」と慰めてくれながらも、「顔の横にある気持ち悪いぎざぎざは何ですか？」などと無邪気に尋ねてくる。いやだなあ、人の顔の横についているのは、昔から耳だと決まってるんですよ。

写真を見ているうちに、出来の悪い我が子がだんだん不憫《ふびん》に思えてきたので、心の中でこっそり「ハニー」と愛称をつけた。読者プレゼントとなる埴輪のハニー。誰かいい人にもらわれていきますように。

七月二日

じとじと降る雨の中、友人たちとラムしゃぶを食べに行く。タクシーの運転手さんに「全然夏らしくなりませんねえ」と言うと、「夏……？あ！　そうか！　七月だ！　七月ですもんね！　夏だ！　夏です！　夏になりました！」と高らかに夏宣言がなされた。皆さん、夏です。

七月三日

目が覚めると、脛《すね》に鮮やかな青あざができている。昨夜、酔ってどこかにぶつけたのだと思うが、全然覚えていない。覚えているのは、一軒目の店で「サービスでーす！」とにこやかに出されたサラダの中にドレッシングの中蓋が紛れ込んでいたことと、帰りのタクシーの運転手さんに「ご自宅、わりと不便な場所ですねー。今はもっと便利なマンションとかたくさんありますよー。はい、千八百七十円です」と言われたことで、その、よかれと思った言動が完全に裏目に出る恐ろしさに比べ、打ち身の危険性など取るに足りないと脳が判断したのだと思う。

七月五日

BSチャンネルで、昔よく観たドラマの放送がはじまった。DVDまで持っている私は、「この人は禿げる、この人は死ぬ、この人はいなくなる、この人は双子を産む、この人はあの人とつきあうがすぐに別れる」などと、登場人物の未来を次々予言しながら画面を眺める。なんだろう、この万能感。神様はこういう気持ちで下界を眺めていらっしゃるのだろうか。

七月九日

伯母の一周忌法要に母親と出かける。住所を書いた案内状を家に置いてきてしまったので、お寺のだいたいの場所と名前をタクシーの運転手さんに告げる。

「〇〇寺までお願いします」

「〇〇寺ですね」

「はい」

「〇〇寺」

「そうです」

「〇〇寺」

「はい」

「○○寺」

「はい」

「○○寺」

「……？」

新手のいやがらせかと思って顔をあげると、音声検索のためにスマホの地図アプリに必死に話しかけては、無視されている運転手さんの横顔が見えた。運転手さんも切ないだろうが、私もアホみたいだ。技術の進歩は、時に非情なまでの間抜けな感じを醸し出す。

法事の席で九十二歳の伯父が「前は一週間で治った打ち身のあざが、今は十日かかるようになった」と嘆いているのを聞く。一週間前の青あざが、まだ見事に残っている我が身を思い出し、「伯父さん！　その前っていつ！　いつなの！」と肩を揺さぶりたい衝動に駆られた。

七月十日
大相撲名古屋場所初日。今《こん》場所は稀勢の里の綱取りがかかっているが、あまり騒ぎ立てして、私の緊張が稀勢の里に伝わってはいけないので、

相撲のことは一旦すべて忘れることにする。綱取りを意識しないのではない。相撲というもの自体を忘れるのだ。今日も夕方たまたまテレビの前を通りかかったら、裸の大男が二人睨み合っていたので、「おや、これは何だろう」と眺めると、突然バタバタと組み合った後、稀勢の里とかいう人が勝ったらしかった。

七月十二日

昼間、一瞬うとうとした隙に、野村沙知代《のむらさちよ》の夢を見る。夢の中で彼女は、今はテレビ出演を全部断り、ぬいぐるみバーのホステスとして、日々「ぬいぐるみとしてのもてなし」を心がけていると語っていた。ぬいぐるみバーが何かも、ぬいぐるみとしてのもてなしがどういうことかも、何年も思い出したこともないのに一体なぜ彼女の夢を見たのかも、もう何もかもがわからない。自分では気づいていないが、私のどこかに野村沙知代が常に潜んでいるということだろうか。怖い。

七月十三日

午後イチで病院へ。待合室でお母さんと楽しそうにお喋《しゃべ》りしていた男

の子が、突如見るからに挙動不審になる。ぎこちない動きにぴんときたらしい母親の「もしかして、うんち出た？　トイレ行く？」との言葉を、「ちがう」「うんちじゃない」「なんでもない」と当初、頑なに否定していたが、やがて神妙な顔つきで「おなな」「おなながでたからトイレいく」と申告。もちろん過少申告であろうが、その頓智《とんち》とプライドに胸打たれ、「おなな」を背負ってトイレへ連れて行かれる様を敬意をもって見送った。

病院を出た後は、いつもお世話になっている文教堂北野店へ行き、サイン本を作らせてもらう。このお店で以前勧められた「はんこのり」がたいそう便利なので、お邪魔した時には必ず詰め替え用のテープを買うことにしているのだが、今日文具コーナーへ行くと、はんこのりの前に「北大路さんも絶賛！」みたいなポップが貼られていて、思わず「うおっ！」と声が出た。書籍売り場ではないので、完全に油断していた。名前を見ただけでこれなら、街で自分の顔写真入りポスターを見つけた指名手配犯は卒倒するんじゃないだろうか。

七月十五日

大阪から来道《らいどう》中のY子さんご夫妻を囲む飲み会を開く。Y子さんとは十五年以上前にネットを通じて知り合ったが、実は今まで一度も会ったことがない。というか今日集まるメンバーの誰もY子さんに会ったことがない。今回の旅に際しては、その顔も知らない我々道民がツイッターで、「北海道に来るならどこそこのエビを食え」「どこそこの湯につかれ」「どこそこの景色を眺めろ」と好き放題アドバイスするのを素直に聞いて、飛行機を駆使しつつ九日間で北海道の南半分を回る予定なのだという。

すごい。何がすごいって、Y子さんの度胸もすごいが、ネットでの交流すらなかったご主人が、にこにこと溶け込んでいたのがすごい。最後まで誰が誰だか絶対わかっていなかったと思う。

七月十九日

元祖K嬢から原稿催促とともに、埴輪読者プレゼントを心配する電話がかかってくる。『小説すばる』八月号発売から三日、誌面で募集したプレゼントへの反響が気になるらしい。「埴輪の応募が零件《ゼロ》だったらどうしましょう」としきりに口にするので「編集部に飾っておいてくださ

いよ」と言うと、
「いやですよー」
あっさり断られてしまった。最後には誰かに押しつけようというのか、「北大路さんのお友達で、どなたか埴輪の好きな方はいらっしゃいませんか」という怪しい文言まで飛び出した。完全に埴輪好きを誘い出して、高額な古墳かなんかを売りつけるマルチ商法の手口である。

七月二十三日

さっぽろテレビ塔で開催中の文学フリマ札幌へ行く。はずが全然仕事が終わらず、到着が予定より大幅に遅れてしまう。瀧波《たきなみ》ユカリさんと山《やま》田航《だわたる》さんのトークイベントの整理券配布時間にも間に合わず、配布開始から一時間半、ようやく会場に駆けつけて、ダメ元で券が残っていないか尋ねてみるが、やはりまったくもってダメだった。
友人と二人、途方に暮れつつ、会場を回る。トークイベント後に飲みに行くつもりだったのだが、整理券を入手できなかったので、時間がぽっかり空いてしまったのだ。酒を中心に生活を回すと、こういうことになるとのいい見本である。結局、蕎麦屋でビールを何本か飲んでから、居酒屋へ。店へ入ると、私の顔を見たマスターがテレビのチャンネルをかえてくれた。するとどうでしょう、裸の大男がまた二人睨み合っているではありませんか。「おや、これは何だろう」と眺めること数分、なななんと！ ききき稀勢の里とかいう人が、はは白鵬とかいう人に勝ったらしいではないですか！

相撲のことは忘れたまま、興奮して思わず立ち上がる私。稀勢の里という人は既に三敗しており、今場所の綱取りは厳しいが、これで来《らい》場所へ望みが繋がった。私としては、来場所もしっかり相撲を忘れていきたい。

七月二十六日

仕事机の上がごちゃごちゃし過ぎて、人生がうまくいかないのはそのせいだという気すらしてきたので、子供の頃から憧れだった「肘で床に全部ガーッと薙《な》ぎ払う」というのを実行してみる。紙もペンも本も、とにかく机の上に載っているものを一気に払い落とす。直後は、「ええ、やってみるまでは不安はありましたが、まさかこんなにうまくいくとは思いませんでした。目の前の景色が一瞬で変わりました。開けた、という感じです」と自己啓発セミナーで発表したくなるほど清々しい気持ちになったが、しかし当然ながら今度は床がぐちゃぐちゃである。しょんぼりしつつ「部屋　ぐちゃぐちゃ」で画像検索、世の猛者《もさ》たちのぐちゃぐちゃを眺めて心を落ち着けた。

七月二十九日

元祖K嬢から埴輪プレゼントへの応募が今日の時点でもう十四通も届いたという連絡が入る。さすがハニーである。やる時はやるのだ。元祖K嬢は、「びっくりしました。完敗です」と負けを認めた。何の勝負かわからないが、どうやら私が勝ったらしい。ハニーも笑顔になってくれるだろうか。

㊺ 先ず夏より始めよ

八月一日

北海道とは思えないくらいの蒸し暑い日が続いている。冬を心の底から憎み、「来る来ると言うから毎年来るのだ。来ないと信じれば冬など来ない」との主張のもと、長く冬排斥運動を続けてきた私であるが、いよいよその成果が現れ始めたのかもしれない。なるほど、「先《ま》ず夏より始めよ」との言葉があるように（ないけど）、こうして夏の勢力を強めることによって結果的に冬の衰退を招く方法は確かに合理的である。よく気づいたものだ。それもこれも、無謀と思えた冬将軍との闘いを諦めることなく続けてきた私のおかげであろう。実に感慨深く、そして暑い。

夜、冷凍庫を開けるとあずきアイスがぎっしり詰まっていた。父が買ってきたのだ。テーブルの上には大福が六個。ダイエットはどうなったのか。

八月二日

朝、目が覚めると、つけっぱなしのテレビで八代亜紀《やしろあき》が歌っていた。彼女に罪はないが、非常に暑苦しい。「北で雪で震えて凍えてこそ演歌」というイメージが染み付いているせいだろう。夏に演歌は似合わないのだ。ということは、このまま冬排斥運動が成就した場合、演歌歌手の仕事を奪ってしまうことにもなりかねないが、しかし今まで失恋するたびに安易に北へ向かいがちだった演歌の中の皆さんが、別の道を考えるいい機会だとも言える。たとえば南の島を訪ね、思い切り陽の光を浴び、青い海を眺め、開放的な気分になって新しい恋をつかむ。ポジティブ演歌の誕生である。

テーブルの上の大福が、見るたびに一つずつ減っている。なんとなく怖い。

八月三日

昼食を食べていた父がふいに箸を止めて、「聞いたか？ 高島《たかしま》さん、離婚したんだってよ」と小声で教えてくれた。

「高島さん？ どこの？」

「ほら、東京の。テレビの」

高島礼子《れいこ》のことだった。父は以前も「ハマちゃんも若い頃はだいぶ苦労してるんだよ」と言い出して、どこのハマちゃんかと思ったら浜木綿《はまゆう》子《こ》だったことがあって、世間話に独自の距離感を放り込んでくるので、本当に油断できない。

八月四日

突如、家の中に母の絹を裂くような悲鳴（という表現、最近聞きませんね）が響き、何事かと駆けつけると、畳の上に蟻《あり》の行列が出現していて卒倒しそうになる。私は屋外の虫に対しては非常に寛容だが、一度室内に侵入したものについては、恐怖とパニックを伴った暴力性で応酬する性質を持っており、今回も蟻を巣ごと殲滅《せんめつ》すべく、すぐさまホームセンターに武器の調達へ。ところが車に乗った瞬間、シフトレバーのあたりにみっしり蜘蛛《くも》の巣が張られているのを発見して再び卒倒しそうになる。夏の勢力が増すと、こういう事態が起きるのか。というか、もしや冬将軍の新たな反撃なのか。

八月六日

午前七時過ぎ、寿郎社コパ氏の運転するレンタルコパ号で奥尻島の旅へ出発。今年の夏の旅メンバーは、現地合流のイワモっちを含めて総勢六名。寿郎社学生アルバイトのSさんとFさんの二人が加わり、一気に若返りが図られた布陣となった。が、車内ではその二十代女子の意向とは関係なく、ハマユウさんの用意・編集してくれた昭和歌謡がエンドレスで流れる。初めての「近藤真彦《こんどうまさひこ》メドレー」にいろんな意味で圧倒されている若者二人に、せっかくだからと、当時ファンの間で囁かれていた「マッチには脇毛が生えていない疑惑」を話してきかせていると、突然コパ氏が「もう脇毛の話はやめて！」と割って入った。

「え？　な、なんで？」

「だって恥ずかしいから！」

マッチの歌声が彼の乙女心をくすぐったのだろうか。

長万部《おしゃまんべ》でかにめしを食べた後、瀬棚《せたな》からフェリーで奥尻島へ。そこで東京から飛行機を乗り継いでやってきたイワモっちと合流する。思えば二年前、同じ夏の旅で奥尻島を訪ねた時、イワモっちはお酒の飲み過ぎと熱中症で防波堤から落ち、鎖骨を二ヶ所と肋骨六本を折るという重

傷を負ったのだ。その際、救急車の到着まで介抱してくれた温泉のご主人に、まずは入浴がてら皆でお礼に向かう。ご主人はうっすら涙ぐみ、「どうしたかなと思ってたよ。毎年夏が来るたび話してたんだ」と無事を喜んでくれた。その温かな心の前では、毎年と言いつつ実はまだ二度目の夏である件など些細なことなのだ。

　夜は宿のテレビで五輪観戦。「オリンピック今日からだったのか」との感想が大勢を占める中、Sさん一人が「オリンピック今年だったんですね」とスケールの違いを見せつけていた。

八月七日

「饅頭《まんじゅう》を横に置いて湯呑みにビールを注げばお茶に見えるよ」作戦で、朝食前にとりあえずビール。旅の知恵である。

　午前中は島内の観光地巡り。前回、島でのほとんどの時間を病院で過ごしたイワモっちが一人海に飛び込んではしゃぐ姿を、「あの時死ななくて本当によかった」と母の気持ちで眺める。と同時に、その横で、「流されるよ」との私の忠告を無視してビーチサンダルのまま海に入るや否や、「あー！　サンダル流された！」と叫ぶFさんのことも、また

別の母の気持ちで眺める。

東京に戻るイワモっちを空港で見送った後も、汗だくで島内観光。やはり札幌より格段に暑い。日光と海にやられ、夜は九時前に布団に入ってしまった。よぼよぼ。

八月八日

朝の四時半に目が覚める。オリンピックを観ようかどうしようか迷っているうちに、となりの部屋のコパ氏も起き出してきたので、結局二人で散歩。海から昇る朝日を眺めつつ、「朝ごはん、何時からだったかねえ」と何度も同じ会話をよぼよぼとかわす。それにしてもコパ氏、去年の利尻・礼文島旅の時までは全然そんなことはなかったのに、今回、突如として慣れた手付きと顔付きでぱしゃぱしゃ自撮りする人になっていた。一体彼に何があったのか。

お昼のフェリーで奥尻を後にする。乗船前にコンビニでそれぞれ昼食を調達。ハマユウさんに「海苔《のり》フライ弁当にしたの？」と何気なく尋ねたところ、「フライって！　どうしてわざわざフライって言うんですか！」と村の禁忌を破って「フライ」という悪魔の言葉を口にした人に

対するキレられ方をする。

ハマユウさんにも一体何があったのか。

下船後は二股《ふたまた》ラジウム温泉へ。山道を走りながら「生前退位」に関する天皇陛下の放送をラジオで聴いたが、山奥なだけあって雑音がひどく、お言葉そのものよりも、Sさんの「玉音《ぎょくおん》感がすごい」という感想が胸に響いた。

八月十日

旅の疲れがなかなか取れず、オリンピックを満足に観戦できない。夜中、うとうとしているうちに肝心な場面を見逃すことが多く、かといって熟睡しているわけでもなく、何一ついいことがない。ここは思い切ったオリンピック観戦態勢の見直しが必要かもしれない。まずは仕事をすべて休むのはどうだろう。できれば有給休暇がいい。前に担当編集者さんに「今月、有給休暇ほしいんですけど」と申し出たら「どうして有休をもらえると思いましたか」と正面から訊かれたことがあるが、そこは怯まずにもう一度チャレンジしたい。

八月十三日

早起きしてお墓参り。ばたばたしながら「本当に死んだ人が帰ってくるのかなあ」と妹にぼやくと、「この時期、ふらふら車道に飛び出してきて、慌ててブレーキを踏んだら消えたりする人が増えるから、たぶん帰ってきてるんじゃないかなあ」とあっさり言われる。どうやら妹には私の知らない世界が見えているらしい。それはそれとして、お盆が終わったら、死んだ人がお盆疲れの私をもてなす「裏盂蘭盆《うらぼん》」を設けてほしい。読み方はもちろん「うらうらぼん」。『ジャングル黒べえ』（昭和のわかる人だけわかってください）みたいでかわいいと思う。

八月十五日

父がまた大量のあずきアイスを買ってきた。「少し食べ過ぎじゃない？」と注意すると、「違うんだ！　ダメなんだ！　俺はアイス食べなきゃ死ぬ身体なんだ！」と正々堂々大胆な嘘をつかれて、思わず黙ってしまう。嘘は大きい方が効果的というのは、本当かもしれない。

八月十七日

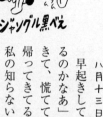

台風が本州をすっ飛ばして北海道に上陸するという前代未聞の事態に見舞われる。台風慣れしていないのでどうしていいかわからない。しかも、この後さらに二つの台風が北海道上陸を窺っているらしい。誰にも言えないが、まさか冬排斥運動の副産物ではないだろうなと密かに怯える。

八月十八日

今日も蒸し暑い。熱中症を心配した父が、母にポカリスエットを勧めている。

「お母さん、熱中症になったら困るから、ほかり飲んだら？　ほかり」

「そんな暑そうなもの飲みたくないよ」

冗談かと思ったら、二人とも真顔だった。

八月十九日

来札中の担当編集者Yさんと打ち合わせ。『文蔵《ぶんぞう》』に連載中のエッセイなどについて話し合う。彼には以前、有給休暇を申し出て断られた過去があるので、今回は私の素晴らしい人柄をいかして「原稿を書かなか

った場合にも人柄に対してお金を払う」案を新たに提案してみた。が、反応は今ひとつ。

「どこの誰が人柄で原稿料もらえるっていうんですか」

「……マザーテレサとか？　Ｙさんも相手がマザーテレサだったら、たとえ原稿書かなくても原稿料払うでしょう」

「払いませんよ！」

いやあ、払うと思うなあ。

八月二十日

三省堂書店札幌店で、『ぐうたら旅日記　恐山《おそれざん》・知床をゆく』の発売記念サイン会を開いていただく。ただでさえ慣れないイベントで緊張しているうえに、行列の中に札幌にいるはずのない宮下奈都さんの姿が見えたので、ますます夢か現《うつつ》かわからなくなる。頭に血がのぼったままサイン会開始。どうなることかと思ったが、寿郎社コパ氏とＦさんなど見知った顔を見つけて、少し気持ちがほぐれる。Ｆさんはにこにこと駆け寄ってくると、「これ、Ｓさんのサハリン土産です！　好きなの選んでください！」と巾着袋からお菓子をざーっと出し、しかし私が選ぶ前に「あ、これがいいと思います！」と勝手に一つ手渡してくれ、「ふわふわして美味しいですよー」と告げると、残りを再び袋にしまった。「持って帰るのかよ！　全部あげろよ！」とのコパ氏の叫びが私の叫びでもあったといえよう。なにはともあれ、お越しいただいた皆様、書店の皆様、ありがとうございました。

㊻ 裸ではにゅかんにえつ

八月二十一日

お盆を過ぎたというのに、暑い日が続いている。友人と二人、汗だくで大相撲札幌場所巡業へ。わくわくの相撲見物のはずが、冷房のない会場でじっと土俵を観ているうちに、「お相撲さんは裸でいいなあ」ということで頭がいっぱいになってしまう。取組が始まっても「裸でいいなあ」、土俵入りにも「裸でいいなあ」、大好きな稀勢の里が登場しても「裸でいいなあ」、「私も裸になりたいなあ」。すっかり脳内裸祭り状態の私を、唯一、豪華な衣装を着込んだ行司《ぎょうじ》さんだけが現実に引き戻してくれた。「私より厚着で頑張ってる人がいる！」。人生でこんなに行司に励まされたことはなかった。

帰りには突然の大雨。傘はなく、タクシー待ちの行列は長く、駅は微妙に遠い。結果として我々を含めた多くの人が会場内に閉じ込められてしまった。まさに「密室（じゃないけど）山荘（じゃないけど）殺人事件」のシチュエーション。この後、観客が次々と奇妙な死を遂げるだろう。残された者たちは互いに疑心暗鬼になるが、しかしその頃、犯人は既に関取の明荷《あけに》に隠れてここを脱出しているのだ。そう、殺人鬼は明荷の中に入れるくらい小柄な人間、つまりは私だ！　などと錯乱しているうちにやっと来たタクシーで駅へ。蕎麦屋で一杯やって帰る。

八月二十七日

寿郎社のコパ氏とS嬢に誘われ、来札中のB社のT記者を囲む会。地元の居酒屋で飲む。料理の美味しいお店であったが、高校の時から多数のUFOを目撃していたらしいS嬢の、「ひょっとすると幻覚かなと思っていたんですけど、留学中、ストーカー化した男友達に追われて香港《ホンコン》の街を全速力で逃げた時、捕まって家に連れ戻されてる途中にも現れて、二人で『飛んでるね』『飛んでるね』と立ち止まって空を見上げたんですよ。初めて他人と一緒に目撃して、ああ、やっぱり幻覚じゃなかったんだなと嬉しかった」という、どこに反応したらいいのかも、どうして最後ちょっといい話風になってるのかもわからないトークに一番酒が進んだ。

八月二十九日

暑くて何もする気が起きない。聞けば、この期に及んでこの夏一番の暑さを記録したという。これはいよいよ本当に私の冬排斥運動が実を結んだかもしれない。

八月三十日

ついに仕事部屋に扇風機を出した。整頓の行き届かない仕事部屋で紙がバサバサいうのが嫌で何年も我慢していたが、冬が排斥されたとなると話は別だ。バサバサいわせながら仕事。扇風機はとても涼しいことがわかった。

八月三十一日

八月号で募集した読者プレゼント「埴輪のハニー」の当選者が決定し、無事に発送したとの連絡が入る。制作途中から「なんか気持ち悪い」とハニーに否定的であった担当編集者の元祖K嬢は、「箱にそっと寝かせて、緩衝材をその周りにたくさん詰めて、まるで棺桶のようでした」と、最後まで微妙な物言いで報告してくれた。さよならハニー。かわいがっ

てもらってね。

九月五日

友人に誘われて『シン・ゴジラ』を観に行く。ふだん映画を観る習慣がない私にとって五年ぶりくらいの映画館であることから、おのずと力が入る。前のめりで鑑賞。するとなにやら妙な臭いが漂い始め、「もしやこの五年の間に映画は進歩し、すべての映画が４ＤＸ対応になったのだろうか。ということは、つまりこれがゴジラの臭いなのだろうか」と一瞬感激しかけたが、もちろんそんなはずはなく、斜め後ろに座るおっさんの足の臭《にお》いであった。そっと振り向くと、靴を脱いで前の座席の肘掛に足を載せている。それだけでも重罪だというのに、その臭さで私の五年ぶりの映画鑑賞を妨げるとは。怒りに震えて、「札幌にゴジラが上陸した際には、最初にゴジラを発見するも誰にも信用されず、笑われた挙句ゴジラの尻尾で飛ばされますように」と呪いをかけておく。『シン・ゴジラ』自体は非常に面白く、また、「この早口が聞き取れなくなった時点でいよいよ本格的老化であろう」と覚悟できたこともよかった。

九月九日

三泊の予定で東京へ向かう。初日の今日は、J社のC嬢と駅で待ち合わせ。C嬢は、「ウェルカムドリンクです」とお茶を手渡してくれ、「一緒に行きます！」とホテルのチェックインに付き添ってくれ、「私が持ちます！」と荷物を持ってくれ、そしてその荷物を電車の網棚に忘れるという一連のもてなし術を見せてくれた。事態に気づいたC嬢が駅の階段で突然立ち止まり、私の顔を凝視しつつ『あーーーっ！』と叫んだ時は、何か入れてはいけない彼女のスイッチを入れてしまったのかと恐ろしく、直後の「荷物！　忘れました!!」の告白にむしろホッとした。不慮の事故（忘れ物）の衝撃を不慮の事故（絶叫）が凌《りょう》駕《が》した貴重な経験といえよう。

その後は、C嬢に連れられて編集部訪問。日頃の行いが悪いため、会う人ごとに「いつも〆切大破りでご迷惑をおかけしてすみません」と謝る私の姿を、自業自得の例として道徳の教科書に載せるといいと思った。

九月十日

Ｃ嬢とポケモンを探しに、朝から上野公園へ。遊んでいるように見えるけれども、これも仕事である（本当）。とはいえ「ポケモンＧＯ」はほぼ初心者の私と、その私よりさらに初心者のＣ嬢では心もとない。助《すけ》っ人《と》として吉田伸子さんに指南を仰ぎ、露店のビールを飲みながら「卵から孵《かえ》ったポケモンは強いので飴玉と交換してはいけない」などの貴重な話を聞いた。その間もスマホを持った人間が何かに導かれるようにしてぞろぞろと歩いており、私も独裁者になった暁にはあんなふうに人心を操る装置を手に入れたいと心から思う。

夜はＭっちも交えて、Ｃ嬢宅でお酒とご飯。楽しくお喋りしていたはずが、いつのまにか倒れ伏して寝ており、目が覚めた時には宴会も片付けもすべてが終わっていた。

九月十一日

大相撲秋場所の初日。昨日のメンバー四人で国技館に繰り出す。暑さへの備えがない北海道とは違い、冷房のよくきいた館内で「裸でいいなあ」以外のことも考えつつ相撲を存分に堪能……したいところだが、問題が一つあって、それは稀勢の里への応援態度。ここ最近は私の愛が重

荷にならないよう、「相撲というものを知らない人間がたまたまテレビの前を通りかかった」というスタイルで取組を見ていたのだが、さすがに国技館まで来ておいてそれは不自然だろう。迷った末、今場所は例外として、正々堂々と声援を送る……ことにした途端、なんと平幕《ひらまく》力士相手にあっさり負けてしまう。誰に怒りをぶつけていいのかわからないので、土俵に上がる力士の本名と出身校をひたすら連呼するという謎の行動をとっていた若者に、「いつかしなくていい知ったかぶりをして、いらん恥をかきますように」とストレートな呪いをかける。

相撲の後は心の傷も癒えぬまま、イワモっち、にご蔵さん、元祖K嬢などと合流し、北海道産のウニが食べられるお店へ。ウニを食べているうちにだんだん元気になってきて「この大粒のウニは以前利尻・礼文で食べたものとそっくりだ！　道産子の私が言うのだから間違いない！」と断言、自信満々でお店の人に確認したら全然違ったので、「人を呪わば穴二つ」の例として教科書に載せるといいと思いました。

九月十二日

元祖K嬢と待ち合わせ、二人で「埴輪のハニー」応募者へのお礼状を

書く。元祖K嬢が「あの埴輪に応募してくださった方たちですよ！　あの埴輪ですよ！　大事ですよ！」と相変わらずの微妙なスタンスで、ハニー写真をプリントしたハガキを用意してくれたのだ。それに引き換え、私ときたらどうだ。「予備はないです」とさんざん言われていたにもかかわらず、本物のハガキを見本と勘違いして試し書きをしてダメにする体たらく。そのせいでハガキの発送が大幅に遅れてしまうらしい。ああ、なんということか。これではどちらがハニーの本当のお母さんかわからないではないか。

悲観しつつ、夕方の便で札幌へ。にご蔵さんが羽田まで見送りに来てくれたので、二人で名残のビールを飲んだ。ポケモンを捕まえるところを披露すると、「上手！」と褒めてくれたので、だいぶ元気になる。

九月十三日

冬排斥運動に成功したと思っていたが、東京から戻ってみると、札幌の涼しさが一段階進んでいる気がする。留守にしたのがまずかったのかもしれない。

九月十六日

友人のRさんからたくさんの野菜と「名前の覚えられないやつ」をもらう。

「名前の覚えられないやつ？」

「うん、ブート？」

「ブート？」

「いや、ジュート？」

「ジュート？」

「いや、やっぱりブート？」

「ブート？」

「ジュロ？」

「ジュロ？」

「ジュロキア？」

「ジュロキア？」

「いや、ジョロキア？」

「ジョロキア？」

「ブートジュロキア？」

「覚えられるかい！」
と、確かに名前の覚えられないやつなのであった。ちなみにブートジョロキア、鬼灯《ほおずき》みたいでかわいらしいくせに世界で一番辛い唐辛子らしい。人間にもそういうタイプがいる。怖い。

九月十八日

今年もオータムフェストの季節がやってきた。総勢六名、朝の十時に大通公園に集合し、開始と同時に会場に散らばった後、それぞれの戦利品を皆で分け合って食べるという、原始的かつ効率的なシステムでもって今回も楽しい時を過ごす。途中、友人が買ってきたボタンエビの姿焼きをうっかり地面に落とした時は青ざめたが、しかしそこは天下の甲殻類である。殻を剝いて何事もなかったかのように黙って皆に差し出した。甲殻類の実力を改めて思い知ったというか、いやほんと、どうもすみませんでした。
帰宅後、身体が冷え、ストーブをつけてしまう。自分のやったことが恐ろしくなってすぐに消した。

九月二十二日

中学生の姪が、「夜中の二時に合わせ鏡を覗くと未来の自分が見えるんだって」と教えてくれる。さすが平成。私の時代は夜中の十二時だったのが、すっかり夜更かしになっている。

九月二十九日

遂に「あにゃにだけではにゅかんにぇつ」があったらしい。何だそれはとお思いだろうが、見たくないものを見ないようにするためのモザイク処理と考えていただきたい。それにしても旭岳《あさひだけ》に初冠雪（あ、言っちゃった）とは、やはり私が札幌を留守にしたあの数日で冬のやつが勢いづいたのか。痛恨である。

㊼ 壊れたトイレ、腐る屋根

十月一日

昨夜より突然トイレの水が流れなくなる。修理業者を呼んだところ、結局タンクと便器を交換することとなり、朝から工事。不意打ちのような出費にしょんぼりしていると、業者のお兄さんが「もっとすごいお客さんがいましたよ」と声をかけてくれた。このしょんぼりを払拭するどんな悲惨な話かと期待したら、「一階のトイレが壊れたので一番高い機種に交換したところ、その使い心地があまりに素晴らしかったため二階のトイレも同じのに交換して、なんと全部で六十万円以上お支払いいただいたんですよ」という、どこをどう好意的に受け取っても「お金持ちのお客さんを担当できてよかった」という話だった。あれは一体何だったんだろう。

「一番安いのでいいっすよー」と言った私へのなんらかのアピールだろうか。

十月二日

コパ氏夫妻とハマユウさんとのご近所四人組で港の朝市へ出かける。とはいえ港が近所にあるわけではなく、コパ号に乗って海のある町まで遠征。空は晴れ、海はどこまでも穏やかで、まるで魚好きの私を祝福しているよう。テンションも弥《いや》が上にも上がり、去年仕事で来られなかった分もと魚を買いまくる横で、ハマユウさんが「港のカラスは魚のおこぼれをたくさんもらっているはずなのに、皆しゅっとしている。良質なタンパク質だからだろう。やはり炭水化物と脂が肥満を招くのだ」と、冷静に人生の真理を学んでいた。

お昼は実に四十数年ぶりのペケレット湖園でジンギスカン。「美しく広大な庭を眺めながら食事ができるが、その庭を散策するには別料金がかかる。そのためこっそり庭に出ようとすると親が慌てて止める」との記憶しかなかったが、やはり記憶は正しかった。庭は今回も眺めるだけにする。その後は日帰り温泉につかり、北海道博物館へ。そこで「エゾバフンウニ（複製）」と「バフン（複製）」を並べて比較している斬新な展示などを眺め、最後は焼き鳥屋に落ち着く。飲みながらふと店内を見渡すと、色もデザインもほぼ同じボーダー柄の服を着た女性が数人、

別々のテーブルで食事をしているものの、さすがに偶然とは考えにくく、おそらく街に散らばったボーダー教のスパイがこっそり連絡を取り合っているのだろうと思う。素人《しろうと》には同じに見える縞の微妙な違いが暗号となっているのだ。縞で覆い尽くされた世界を目指すボーダー教。世の中はまったくもって奥深い。

十月三日

昨日ははしゃいでいたのでなんとも思わなかったが、鮭を一匹買って皆で分け合ったのに、イクラ部分をすべて私がもらったというのは友情的にはどうなのか。

十月四日

独り占めしたイクラを醤油漬けにし、「友情の終わり」と名付けて食す。えも言われぬ美味しさである。

十月六日

「にゃかにゃまとうげににゅき（見たくないものを見ないようにするた

めのモザイク処理)」のニュースを耳にする。つらい。

十月七日

わっにゃにゃいにはにゅにゅき。先月の「あにゃにだけではにゅかんにえつ」から先日の「にゃかにゃまとうげににゅき」を経て、遂にわっにゃにゃいにはにゅにゅきである。つまりこれは山と峠を越えて、平地にまで下りてきたということである。何が下りてきたかというと「にゅき」である。ひとの日記をこんなモザイクだらけのアダルト日記にした冬将軍が憎い。

十月八日

屋根の修理業者を名乗る男から突然の電話。「お宅の屋根には重大な欠陥があり、今すぐ修理しないと雪で家が腐ります」と言われる。なんということか。トイレを直したばかりだというのに、家が腐っては元も子もないではないか。

よくぞ親切に教えてくださった。ありがとう。ではさっそく修理をお願いします。などと言うはずもなく、「腐らせといてください」と告げ

る。すると男の態度が急変。

「はあ?」

「面倒だから腐らせといてください」

「おい、ふざけんなよ!　ほんとに腐るからな!　死ぬぞ!」

もしこの日記が何の説明もなく途絶えたら、家が腐って死んだと思ってください。

十月九日

編集者のTさんが東京から来札、コパ氏と寿郎社S嬢を交えた四人でお酒を飲む。相撲や恐山話で盛り上がった後、話題は北方領土のことに。なんでも立川《たちかわ》駅近くに北方領土返還運動の看板が立っているらしいのだ。一体なぜそんなところに。あれこれ考えた末、「北海道の飛び地じゃないですかね」と結論づけると、Tさんも「きっとそうですね」と同意してくれた。よかった。よかったが、冷静に考えると全然「そう」じゃないに決まっている。酒の勢いとはまことに恐ろしい。

勢いづいたまま家に帰って禁断の「風呂Kindle」に挑み、あえなく失敗する。一瞬目をつぶっただけのはずなのに、気がついた時には

Kindleが湯船にぷかぷか浮いていたのだ。ジップロックに入れていたものの、どうやら穴が空いていたらしく、中まで浸水している。思わず「ジップロック破れたり！　二つの意味で！」などと悦に入ったが、もちろんそんな場合ではない。Kindleが完全に壊れている。

十月十一日

朝起きると同時にKindleのことを思い出して暗い気持ちになる。それに追い打ちをかけるように「にぇいにぇやまにはにゅかんにぇつ」のニュース。にゅきのやつ、いよいよ市内に到達してしまった。

夜は、友人たち七人で飲み会。例によって、すぐにむせる、握力が弱くなったなどの老化報告をおもに行う。スマホを遠くに離して「ポケモンGO」のモンスター図鑑を見せ合った時は、「二十一世紀の老い」という言葉が胸に浮かんで感慨無量であった。宴会後、友人が送ってくれた写真の自分の顔が驚異的に丸くて一体何が起きたのかと不安になる。惑星直列かなにかの影響かと思い、ネットで検索したが、惑星は別に直列していないようであった。

十月十五日

母が「猫になる夢」を見たと言う。お腹が空いたら誰か人間の傍に行って、にゃごにゃご鳴かなければならず、不便だったそうだ。話しながら浮かない顔をしているので、理由を尋ねると、「ずっと四つん這いだったから肩が凝った」と答え、「気楽そうに見えるけど、猫も楽じゃないのがわかった。今度からはそのつもりで猫に対応するように」との指示を出した。

十月十六日

所用で行けなくなった知人からチケットを譲ってもらい、日ハムとソフトバンクのクライマックスシリーズ第五戦を観に行く。試合開始の二時間前にコパ氏と待ち合わせ、札幌ドームへ。「ちょっと早すぎたかな」などと呑気なことを言い合っていたら、最寄り駅の段階で既にすごい人出である。おのれの気合の足りなさを反省。「ドームに珍しいポケモンいるかなあ」と夢見ている場合ではなかった。

試合は初回に四点を入れられたものの、二回と三回にそれぞれ一点を返し、四回で一気に逆転、五回にだめ押しがあり、最後は指名打者の大

谷くんがマウンドに上がって最速百六十五キロを叩き出すという、お祭りのような展開で目が離せなかった。と同時に、近くに座る青年の、最前列の眺めのよさに友人と驚嘆の声を上げ、それが落ち着くとハンバーガーを食べ、ビールを飲み、どこかへ消えたと思ったらラーメンを買い込んできて黙々と食し、食べ終わると暑くなったのかセーターを脱ぎ、再びビールを買い、体温調節がうまくいったところでうたた寝をするという、自由過ぎる振る舞いからも目が離せなかった。青年は逆転シーン（ラーメンを買いに行っていた）も、大谷くんが登場して勝ちを決めた瞬間（居眠りしていた）も目にしていない。でも最後はとても嬉しそうだった。私もあれくらい解き放たれたいものだ。

なにはともあれ、これで日本シリーズ進出が決定。興奮さめやらぬまま沖縄料理店へ行き、そこで「寒いところの人は頭が悪い！」と力説する酔客の主張を聞きながら祝杯を挙げた。

十月二十日

はにゅにゅき。だが、冬退治を諦めたわけではないことは、夏布団に電気毛布を入れ、夏を演出しながら眠る私の姿からも伝わると思う。夜

の人は頭が悪い」との言葉を思い出す。中、暑いのか寒いのかわからなくなって目を覚まし、ふと「寒いところ

十月二十二日

しまさんが来札し、ハマユウさんと三人で海鮮を焼いたり羊肉を焼いたりしての夕食。食事中、しまさんのリクエストに応えて、先日撮った寝癖画像を披露する。今まで数々の寝癖を生み出してきた私をも唸《うな》らせ、初めての自撮りにまで踏み切らせた自信の寝癖である。多くの友人たちを「どうしてこんなことに……」と絶句させたそれは、やはりしまさんにも好評で、寝癖画像を表示させたスマホと一緒に、にこにこと記念撮影をするなど気に入ってもらえた。確かに何度見ても、うっとりする仕上がりなのだ。立ち上がる毛髪、踊る毛先、渦巻くうなじ、躍動感溢《あふ》れるフォルム。それらが一つの大きなうねりとなって世界を包んでいる。「睡眠とは格闘技だ」とのコピーをつけ、休日を寝て過ごした夕方、あるいは仕事もせずに昼寝してしまった午後の罪悪感に打ちひしがれるすべての人に贈りたい。

十月二十三日

朝から友人たちとしまさんを囲む会。回転寿司、日帰り温泉、街に戻って散策、ラムしゃぶと、魅惑の遊び放題デーである。私は運転手として裏方に徹するつもりが、回転寿司屋で「ここのトイレのドアは押しても引いても開かず、店員さんが間違えて施錠したのかと店員さんを探すも近くにはおらず、ドアの前でひとり途方に暮れながら『私の膀胱《ぼうこう》はどうなってしまうのだろう』と泣きたい気持ちになったとしても諦めることはありません。あれは引き戸です」との自らの経験を踏まえたアドバイスをするという予想外の活躍をしてしまった。トイレの罠から友人たちを救えて本当によかった。

十月二十五日

十年ぶりくらいに会った親戚の娘さんに「結婚しないの？」と訊かれる。この歳になるとさすがに誰もそんなことを尋ねなくなるため、久しぶりのことに動揺して「そ、そうだね」と何の捻《ひね》りもない返答をしてしまった。笑いの一つもとれないとは無念。まだまだ油断ならないと気を引き締めるとともに、親戚ならではの容赦ない力業《ちからわざ》に震える。

48  温めて電子レンジ

十月二十六日

昨日の日本シリーズ第三戦でサヨナラヒットを打った日ハム大谷選手を、母が朝から褒め称《たた》えている。曰《いわ》く、「とっても色白！」。今までさんざん「投げて、打って、走って、勝負強くて、爽やかで、礼儀正しくて、スタイル抜群！」と賞賛してきたため、もう褒め言葉が尽きたのだそうだ。肌を褒めたことで最終的にはどこまで行き着くのか、声とかまばたきの回数とか歩幅とかか、と考えると楽しみで仕方ないので、大谷君にはこれからも頑張ってもらいたい。

夜は、第四戦を友人と居酒屋のテレビで観戦。じりじりした試合展開にどうしていいかわからなくなり、八回裏、一対一の同点で登場したレアードに思わず「お願い！　二千円あげるから打って！」と声をかける。皆に呆《あき》れられたものの、その直後に見事なツーランホームラン。見よ、二千円の力を。二千円を笑う者は二千円に泣くのだ。と勝ち誇ったのはいいが、私はいつどこでレアードに二千円渡せばいいのか。

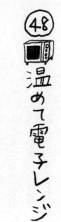

十月二十九日

日本シリーズ第六戦、これに勝てばいよいよ日本一である。もちろん今日も居酒屋観戦。「八回以降はオーダーを受け付けません（テレビ観るから）」とマスターも気合が入る中、寿郎社のコパ夫妻やS嬢、友人のハマユウさんと合流し、店中揃ってテレビにかじりつく……はずが、なぜかS嬢だけは『最新 少年野球 一番わかりやすいルールブック』を熟読している。聞けば野球をまったく知らないそうで、昼間買ったその本でルールを勉強しながら試合を観るつもりだという。野球とともに、今年一番の付け焼き刃を観賞する。

試合は、先制して逆転されて逆転して同点に追いつかれて最後突き放す、という心臓に悪い展開で、悲鳴と歓声とS嬢の「エラーって何ですか」「ゴロって何ですか」「外野って何ですか」「これ何の大会ですか」「野球って何回までですか」などの「え？　今？」という質問が入り乱れた後、無事に日ハムの日本一が決まった。レアードは八回に満塁ホームラン。ここまでやってくれると、先日の二千円を二千万円と勘違いしているんじゃないかと心配になる。

十一月一日

「優勝セールでもシャウエッセンの値段はあまり下がらない」とツイッターで呟いたことをきっかけに、全国各地からシャウエッセン価格情報が届く。結果、最高値と最安値には二百円以上の差があり、しかし地域による偏りはほとんどなく、また基本の二袋セット以外に単体売りも行われていることが判明した。集計のためにエクセルで表を作成。私は一体何をやっているのか。

十一月五日

母のあかぎれの薬を買いに行く。薬の名前がわからず、家で適当に「アカギレナオール」と呼んでいたため、店員さんに「何かお探しですか?」と訊かれてうっかり「アカギレナオールを」と答えてしまう。私は一体何をやっているのか。

十一月六日

十一月の初めだというのに、二十センチほどのにゅき。さすがにとけるだろうと放置を決める。というか、そんなことより気になるのは、部屋の換気口である。どうやら鳥が巣作りを試みているらしく、ここのところ頻繁にガサゴソと音がするのだ。このままでは早晩鳥の家が完成し、若い夫婦が新婚生活をいちゃいちゃ送り、卵が産まれ雛が孵り、子育てに翻弄《ほんろう》されていたかと思いきや巣立ちを迎え、盆暮れ正月にはその巣立った子供たちが集まってどんちゃん騒ぎをするようになってしまう。「家賃です」と虫を置いていくかもしれない。虫嫌いの私にそれはつらい。そこで換気口をガムテープで補強することに。「鳥」という言葉に惹かれてやって来た母がいそいそと手伝ってくれたが、ドライバーやガムテープを手渡す役を頼むと「思ってたより退屈……」と不満気であった。「奥さーん、換気口貸してくださいよー。敷金も礼金も払いますからーチュンチュン」というような、鳥との不動産交渉が見られるとでも思っていたのだろうか。

十一月七日

昨日放置したにゅきを片付ける。今年初のにゅきかき。時間が経っている分、重くて硬い。なぜ昨日のうちにやっておかなかったのか。何も

かもが憎い。

十一月九日

朝、我が家の電子レンジ様が唐突に沈黙の行に入られた。電源を入れても切っても再び入れても、一切言葉や熱を発することのない、ただの冷たい箱となられてしまった。「いや、冷たい箱などではない、こうして沈黙することで自我と向き合っているのだ」とレンジ様は仰るかもしれないが、憚《はばか》りながら、冷やご飯の一つも温められない身で何を言っても説得力はないのだ。

十一月十日

レンジ様の修理に二万六千円かかることが判明。買い替えを決める。古いレンジ様は多機能でありながら、ほとんど「あたため」しか使われないという不遇の人生であったため、今度のレンジ様にははなから多くを求めないことにする。「あたため」と「解凍」さえあれば事は足りるのだ。そう信じて電器店に出向くも、「機能がシンプルだと庫内も狭い」との思いがけない事実に直面し、結局似たような多機能レンジを購入してしまう。しかもこの新レンジ様、米俵かと思うくらい重く、二階玄関に運ぼうとして、階段の途中で力尽きてしまった。

寒風吹きすさぶ外階段で、上ることも下りることもままならなくなり、不安定な体勢でレンジを支え続ける。行くも地獄退くも地獄とはこのことか、何か策はないものかと思案するも妙案は浮かばない。このままでは一生を階段で過ごさねばならなくなってしまう。階段で眠り、階段で仕事をし、階段でご飯を食べるのだ。ご飯といっても、レンジはあるもののコンセントがないので、おかずはいつも冷めている。名実ともに冷や飯食いの一生である。やがて私は老い、レンジを支えきれなくなる日が来るだろう。それが最期だ。レンジとともに階段下へもんどり打って落下。「あたため」すら一度もできなかった多機能レンジと、それを支えて生きながらほかほかご飯を食べることのできなかった人間は、ともにその悲しい一生を終えるのである。

そんな死に方をするわけにはいかないので、なんとか力を振り絞って一段一段運び上げる。本当に死ぬかと思った。こんなことなら相撲取りの息子でも産んでおけばよかった。

十一月十三日

文庫『苦手図鑑』の発売に合わせて、文教堂書店北野店さんが恒例のミニミニサイン会を開催してくださる。最寄り駅から友人三人とタクシーで会場へ。助手席に乗ったことにより、後部座席の話がいかに運転手さんに丸聞こえかを知る。友人たちの語る「ハマユウさんの手が意外と大きい」話を聞きながら、昔、友人と預金額を告白しあったのはまずかったかもしれないと思う。あの少ない預金額が全部バレていたとは。

サイン会には四十名ほどの方が来場してくださる。ミニミニと言いながら、気分的には大入り満員である。いつもありがとうございます。そして今回も行列脇にあるアダルト小説の棚を覗きに来ては、「あ……」という顔で帰ってしまわれた皆様方には、どうもすみませんでした。

午後からはこれも恒例の友人たちとジンギスカン。タクシー二台に分乗してお店に向かう途中、「ホットケーキは生地が甘くて、パンケーキは甘くない」との友人の話に私が驚くより早く、「そうだったんですか!!」と運転手さんが声を上げたことも、客の話が丸聞こえであることの証左となろう。

十一月十八日

夕方、ふいに眩暈《めまい》に襲われる。「お腹すいてるんじゃないの？」と父に言われ、そうだろうかと夕飯をたらふく食べたが、全然治まらなかった。どうしてくれるんだ。無駄に満腹な女になってしまったじゃないか。太ったら責任とってくれるのか。

十一月十九日

寒い日が続いたと思ったら、昨日から突然気温が上がり、今日はなんと十五度近くにまでなるという。たしかに外に出ても身の縮むような寒さはなく、それどころかコンビニでは蚊が飛んでいた。蚊。低いところをよろよろと彷徨《さまよ》う、いかにも十一月の無力な蚊という雰囲気であったが、しかし蚊。いくら暖かいコンビニの店内といえども、この時期の蚊はさすがに信じがたい。

やはり何かの見間違いに違いない。そう自身を納得させるも、次に寄ったドラッグストアでは男子高校生と思しき青年が半袖姿で悠々と買い物をしているのを目撃、一気に混乱が深まる。なんだろう。一度寒くなった後に気温が上がると、勘違いした桜の花が咲いたりするという。そ

れの一種だろうか。

十一月二十一日

P社のY嬢が東京から来札。地下鉄の駅で待ち合わせをするが、なにぶん初めてお会いするので顔がわからない。「カーキ色のコートとネイビーのリュック」を手がかりに、それらしい女性の前をうろうろしては猛烈に睨まれたり、その動揺を隠すため「あ、いたいた」と小芝居しつつ別のカーキ色に駆け寄ったら、それが男子中学生でさらに睨まれたりしてしまう。本物のY嬢が現れた時は私もホッとしたが、彼ら二人もホッとしたのではないか。

仕事の話をしながら（本当）、昼酒から夜酒へ。長時間飲酒で記憶が定かではないが、Y嬢は酔って靴のままベッドで寝た過去があると言っていた気がする。「そんなことってある？」とものすごく驚いてしまったが、思えば私も目が覚めたら枕元に靴が並べられていたことがあった。酔うと服を脱ぐ族の存在は有名だが、土足になる族もいるのかもしれない。

十一月二十三日

気温マイナス六度。さすがにコンビニの蚊も死んだに違いない。そんな中、友人たちとの飲み会に出かける。春先からダイエットに励んでいたアニキが、一段とほっそりして登場。どんどん痩せていく彼女が心配で、「このまま痩せちゃったらアニキが死んじゃうー。アニキ死なないでー。食べてー。太ってー」と訴える私に、「なるほど、ダイエットの敵は友人というのは本当だ」となぜか非難が集まった。違うのに。私は本当にアニキのことを思っているのに。これこそが友情だのに。

帰りにタイ料理屋へ寄る。料理を食べながら「パクチーってほんと不味いわー」と思わず口にしたせいか、烏龍茶《ウーロンちゃ》を頼んだら黒烏龍茶が出てきたうえに、「いいえ、これは黒烏龍茶ではありません」とお店の人にあからさまな嘘をつかれてしまった。違うのに。どう見ても黒烏龍茶だのに。

終　そしてキミコは雪に消えた

十一月二十六日

担当編集者のC嬢が来札。仕事の打ち合わせの後、大通公園のミュンヘン・クリスマス市をぶらぶらと歩く。クリスマス市といえば、Mっち。一緒に行くたびホットワインを飲みながら、お互いの美意識を罵り合う羽目になる彼女は、今回は遅い時間の飛行機ということで同行せず。C嬢と二人、心穏やかに見物を終える。

その後、ラムしゃぶの店へ。飲み放題セットのにごり酒をすいすい飲むC嬢の姿に、今までこのお酒の餌食になった人の顔が次々に浮かんでは消える。皆、笑顔のまま泥酔していった。本人は「大丈夫ですよー」と強気だったが、二軒目でMっちと合流したあたりから、いきなり歌ったり同じ話を繰り返したりの由緒正しい酔っぱらいモードとなり、最後は地下街の柱にぶつかりそうになっては、「ぶつかってる体《てい》でー実は平気ー」「酔っている体でー実はシラフー」などと言いながら、やはり満面の笑みでホテルに帰って行った。

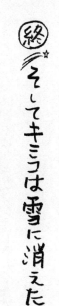

十一月二十七日

お昼前、コパ氏の車でさっぽろテレビ塔前へ。クリスマス市でホットワインを飲んでいたC嬢とMっちを拾う。昨夜のにごり酒の影響を感じさせないC嬢に安心して、さらに大量のお酒を購入しつつ旭岳温泉へ。旭川あたりから広がっていた雪景色は、山に入るといよいよ本格的となる。気がついた時には家も車も人通りもない真っ白な山道を走っており、まるで異世界への入り口のよう。奇妙な雰囲気に気圧され、なんとなく無口になる我々。と、その時真っ白な中にぽつりと人影が現れた。「うわっ」「なんで?」「誰?」「いやっ!」「本物?」「本物の人間?」などと一瞬車内が騒然としたが、どうやら我々と同じ宿で合宿中の大学スキー部の若者のようだった。心臓に悪いので、学生さんたちはせめて集団でランニングしてほしい。

夜は十一時すぎに就寝。買い込んだお酒がかなり余っており、「ああ、やはり老いた」と悲しみとともに眠りに就く。

十一月二十八日

「夜中、空を見たら星が素晴らしかったよ」とのコパ氏の話を聞いて、星のことなど話題にもならなかった昨夜の女性チームを恥じる。余った酒の心配をするより、もっと乙女心を全開にすべきであった。が、それはそれとして、お酒は消費せねばなるまい。朝、車に乗り込むと同時にビールを開け、「おはようございまーす！」と乾杯。「それ、変だから！」とコパ氏に指摘されるが、朝酒にふさわしい言葉が他に見つからない。「だめ人間イエーイ！」とかだろうか。

雪の旭山動物園を回り、昼はコパ氏お薦めのおしゃれカフェでご飯。絵本のような佇まいに、ここを選んだコパ氏の乙女力を改めて思い知るも、それはそれとして、やはりお酒は消費せねばならない。女三人、移動の車内で着実かつ野蛮に飲酒に励む。ほぼ飲み尽くしたところで無事に空港へ着き、最後は寿司屋で熱燗。「まだ飲むの？」と驚くコパ氏に、「燗酒は熱でアルコールが飛ぶから」とC嬢とMっちがきっぱり言い切っていた。

十二月一日

何の準備もできていないというのに、十二月に入った途端、テレビが正月飾りや干支人形の話題をしきりに流してくる。そんなに私を追い詰めたいのだろうか。

十二月三日

旭岳温泉旅行の写真をコパ氏がアルバムにして送ってくれる。ダイエット後、リバウンドした時の泉ピン子がなぜか写っていると驚愕したら自分だった。

夜は恒例「ドキッ！　道産子だらけの芋煮大会！　皆の都合を合わせたら十二月になっちゃったけど気にしないでね！」のために友人宅を訪ねる。鍋にきりたんぽを投入するなどの迷走時代を経て、芋煮が安定のクオリティを誇るようになった今、私の最大の課題は芋煮の出来ではなく「寝ないこと」となっている。そう、どういうわけか芋煮を食べた途端、毎年バカみたいに眠ってしまうのだ。今年こそは起きて皆と楽しくお話しを！　との決意も虚しく、案の定眠ってしまい、呆然としつつ帰宅。なんだろう。「キミコを友達と親しくさせない会」が催眠ガスでも仕込んでいるのだろうか。

十二月六日

必死で目を逸らしてきたが、遂に雪かきシーズンが到来。まだ身体が慣れておらず、融雪機の蓋を開けるのにも、「よっ（お、重い……蓋って、こ、こんなに重かったっけ……持ち上がらない……手を離したいが、下手に離すと……逆に腰が……今からぎっくり腰になったら、この冬の除雪はどうなる……一家三人雪に埋もれて死ぬのでは……というか今……今このまま動けないと私が凍死するのでは……なんとか…なんとか蓋を……持ち…上…げ…ね…ば……）こいしょ」というくらいの時間がかかる。つらい。

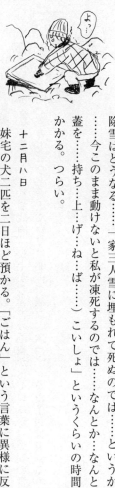

十二月八日

妹宅の犬二匹を二日ほど預かる。「ごはん」という言葉に異様に反応する犬をぬか喜びさせぬよう、母が「食事」と言い換える方法を採用したことで、「犬たちの食事はもう済んだかしら?」「そろそろ犬の食事の準備ね」などとセレブ犬的雰囲気が醸し出されたが、肝心の犬はドッグフードの袋を見ただけで跳ね回って喜び、さらにそれを味わうことなく一瞬で完食するという、庶民犬としての態度を崩すことはなかった。立派である。

十二月九日

東京からまー君とあっちゃん先輩が来札。仕事で海外を飛び回る隙をついてわざわざ北海道まで飲みに来るまー君と、相変わらず日本酒を銘柄ではなくメニュー順に「行で飲む」あっちゃん先輩に敬意を表して、私も気合を入れて飲酒。夜半から大雪の予報が出ているが、翌朝の雪かきのことなど考えていては北国で酒など飲めず、また予報は外れるものなので大丈夫なのだ。

十二月十日

全然大丈夫ではなかった。一晩で四十センチほどの雪が降り、しかもまだ止む気配を見せない。朝の冷たく爽やかな空気をおのれの酒臭い息で汚しながらせっせと雪かき。東京へ帰る予定のまー君とあっちゃん先輩はどうしているかと心配していると、案の定空港で足止めを食らっており、「とりあえずラーメンを食べる」と所在なげなラーメンの画像が送られてきたのも束の間、欠航が確定してからは、ビールとジンギスカ

ンを前ににっこり笑うまーI君、日本酒と刺身の舟盛りを前ににっこり笑うまーI君、中華料理と水割りを前ににっこり笑うまーI君、の写真が立て続けに送られてきて、どうやら違う意味で冬の北海道を満喫しているようなのだった。

十二月十一日

今日も雪。飛行機は遅れながらも無事に飛んだようで、もう雪など関係ない御伽《おとぎ》の国に行ってしまった二人を思いながら雪かきに励む。

十二月十二日

もちろん朝から雪かき。ふと思い立ってこの連載の初回を見返すと、四年前のちょうど今頃から日記が始まっている。当時は何を考えていたのか。読み進むと、毎日毎日雪を呪ってはひたすら愚痴っており、四年前がまるで昨日のことのようであった。タイムスリップでもしたのだろうか。

十二月十五日

友人たちとのカラオケ忘年会に出かける。初参加の私は、事前にオタル先輩からレクチャーを受けていた。先輩曰く、「海鮮居酒屋の経営するカラオケなので、部屋の中で居酒屋と繋がっており、歌いながら刺身などを自由に注文することができる」そう。なんという画期的なシステムかと、世の中の進歩に感激したが、しかし実際到着してみると、たしかに隣の居酒屋から料理は運ばれてくるものの、形態自体は普通のカラオケボックスである。オタル先輩も「あれ？」ときょとんとしていたが、冷静に考えれば、居酒屋とカラオケボックスが繋がっていたら、飲み客はうるさくて仕方ないだろう。

忘年会では佐藤浩市のＤＶＤとかマッサージ券とか美味しいお菓子とかかわいい小物とか、たくさんプレゼントをもらってしまった。手ぶらで行ったというのに、この恩をどう返したらいいのか。恩返しのために機《はた》でも織った方がいいのではないか。

十二月十六日

アマゾンで機織り機を検索する。数千円から数万円という絶妙な価格でいくつかヒット。買うべきであろうか。

十二月十九日

風邪を引いてしまう。熱はないものの、テレビの音を大きくするつもりでストーブの火力をどんどん強くして「あれ？　耳が遠くなった？」と焦ったりしたので、頭はぼんやりしているのかもしれない。

十二月二十一日

寿郎社の忘年会に参加する。参加者は二十名ほど。ビンゴ大会などもあり、こんなに本格的な宴会は初めてである。もしや今年、寿郎社は大儲けしたのではないか。そう考えるとなぜか急激に落ち着かなくなり、行くつもりのなかった二次会の会場に一番乗りで到着していた。

昔、一緒に飲んだYさんとも久しぶりに再会する。「僕のこと覚えてますか？」と尋ねられたが、でろでろに酔って行った焼肉屋で壁に向かって正座し、見えない誰かと真剣に話をしていた姿は忘れようにも忘れられない。あの時は逃げるように置いて帰ってすみませんでした。

十二月二十二日

再びの大雪。

十二月二十三日

本当に大雪。二日間で六十センチ近くの雪が降る。積雪が九十センチを超え、これはこの時期としては五十年ぶりだそう。

十二月二十七日

五十年ぶりといってもぴんとこないかもしれないが、今日予定されていた友人との忘年会を欠席するくらいの雪といえばわかってもらえるだろうか。私が酒を諦めるほど交通網が麻痺したままである。会場にたどり着ける自信がまったくない。

十二月三十一日

それでも大晦日はやってくる。一年の終わりであり、同時にこの日記の最終回でもあるので、何か心揺さぶるような美しい日にしようと思ったが、例年どおり飲んだくれてしまった。これもタイムスリップの一環であろうか。

というか、皆様四年間本当にありがとうございました。お礼を言うのに「というか」って話もないですが、もうどう終わればいいのかわかりません。さようなら。

あとがき

　世の中には規則正しい生活というものがある。毎朝決まった時間に起き、決まった時間に朝食を食べ、決まった時間に仕事に出かけ、決まった時間に家に帰り、そして決まった時間に眠りに就く。変化に乏しい、時に人に馬鹿にされたり揶揄《やゆ》されたりしがちな、まさに「判で押したような」暮らしぶりのことである。

「小説すばる」で四年にわたり連載していた日記が、このたび無事に最終回を迎えた。今、しみじみ実感しているのは、その「判で押したような」生活を、年単位にぐいっと引き伸ばしたものが、私の日記だということだ。

　いやほんと、毎年毎年よく飽きもせず、同じことを繰り返しているものだと我ながら感心する。本書には後半の二年分の日々が記されており、それだけでもなかなかの判で押しっぷりだが、さらに前半の二年を収めた既刊『石の裏にも三年』も併せて読むと、より強い判で押した感を味わっていただけるのではないかと思う（宣伝）。

　実際、自分でも読み直しながら「年中行事かよ！」と声が出た。なんというか生活にぶれがないというか、振り幅が異様に小さい。何百年も続く京都の旧家の伝統行事みたいになっている。まあ京都のことは全然知らないで言っているわけだが、しきたりに従って毎年の決めごとを粛々と遂行するイメージであろうか。

せっかくなので、私の場合の年中行事をざっと紹介したい。


【一月】

新年。お酒をたくさん飲んで新しい年を寿《ことほ》ぎます。愉快な気持ちで年神様をおもてなしするために、家族麻雀なども行います。堂々と朝酒昼酒に勤しめるため、月の前半は概ねテンションが高めですが、三が日が過ぎる頃からぐずり始め、残りの日々を雪を呪って過ごします。


【二月】

引き続き雪を呪います。「どうせ春には溶けんじゃねえか」との憤りと虚しさを抱えながら、日々雪かきに励みます。「寒い」「凍る」「滑る」などの少ない語彙で日記を進めることがよいとされています。


【三月】

確定申告の〆切月を迎え、苦手とする数字的作業に対峙しながら、いかに自分が納税というシステムに向いていないかを訴えます。その際「払った以上に還付してほしい」というおのれの欲望をストレートに表現することにより、黒い心が浄化されると伝えられています。また、友人宅において、早春の奇祭「ストーブ祭り」が行われます。

【四月】

ようやく雪からの呪縛が解け、少しずつ心の平安を取り戻します。


【五月】

友人たちとお花見です。まだ気温は低く、屋外での飲食は身体を冷やしますが、帰りに暖房の効いた居酒屋に寄ることで、体内に入り込んだ冷気を祓《はら》うことができるとされています。結果的に長時間飲酒となりがちですが、北国の遅い春を祝う行事として、毎年欠かさず行うことが大切です。


【六月】

爽やかな陽光があふるるこの月は、同時に夏至という不吉な影も運んできます。一時《いっとき》たりとも止まることのない時間の流れに身をおき、諸行無常をおのれの中に取り込む気持ちで過ごします。具体的には、少しずつ短くなっていく日照時間を忘れるため、咲き誇る花を愛《め》で、酒を飲みます。


【七・八月】

夏のプチ旅行に出かけます。青い海と新鮮なウニを求めて北海道の各地を巡ることで、「どうしてこんなくっそ寒い雪深いところに移住してきたのだ」という冬に抱いたご先祖様への恨みを昇華できると言われています。また、年々早まる就寝時間や、減っていく酒量に、生きとし生けるものすべてに等しく流れる「老い」を感じることのできる行事です。亡くなった人を迎え入れるために、生きている者が東奔西走するお盆への愚痴も忘れてはいけません。

【九月】

夏の終わりの気配を振り切るように、国技館での大相撲観戦と、地元札幌「オータムフェスト」の二大行事が執り行われます。東京で「まだまだ暑いじゃん！」、オータムフェストで「まだまだ外で飲めるじゃん！」と夏を盛り立てる気概をもって臨むことで、冬の訪れを遅らせることができると言い伝えられています。

【十月】

迫り来る冬の気配を無視することに全力を傾けます。

【十一月】

激しい冬将軍との攻防が繰り広げられます。認めてしまっては負けだとの思いから、雪を「名前を言ってはいけないあの白いやつ」として扱い、「アレ」「希望」「にゅき」など、二つ名の命名を行います。

【十二月】

冬将軍との戦い、終わらない仕事、進まない大掃除。慌ただしい師走の波に積極的に翻弄される姿勢を見せ、今年も去年と同じ一年であったとの安心感を得ます。大晦日の紅白歌合戦で見知らぬ若い歌手の皆さんを眺め、へろへろに酔っ払いつつ無事の一年を祝います。

うむ、いかがだったろうか。と訊かれても困るだろうが、とにかくこのような年中行事を毎年こなし、あまり余計な動きはしないのが私の日記の特徴といえよう。基本的にじっとしている。刺激と波乱に満ちた毎日を送っている人には信じられないかもしれないが、しかし本人は別に退屈ではない。判で押したような一日を送る人にも、目玉焼きが上手に焼けたとか近所の犬が尻尾を振ってくれたとか、ささやかな楽しみや喜びがあるのと同じように、年中行事の日々もその年ごとに隠れた味わいがあるのだ。

それが伝わるといいなと、なんとなく思いつつ連載を続けてきた。「日記を書くためだけに生まれてきた」というタイトルの連載が、全体的には「こんなこと別に日記に書かなくてていいだろう」という雰囲気になってしまったのは不思議だが、そんな代わり映えのしない日常を読んでいただき、またこうして本にしてもらえることは、とても嬉しい。この本にかかわってくださった、すべての方に感謝いたします。

ありがとうございました。これからもダンゴ虫みたいにじっとして生きていきます。

北大路　公子

初出
「小説すばる」二〇一五年四月号～二〇一七年三月号
(「日記を書くためだけに生まれてきた」を改題)
本書は、右記をまとめた、文庫オリジナル作品です。

北大路公子の本

石の裏にも三年
キミコのダンゴ虫的日常

『生きていてもいいかしら日記』などユーモア溢れるエッセイで注目の著者が綴る、酒と雪と妄想にまみれた北海道暮らしの日々。脱力＆爆笑の呑んだくれ日記に、作家たちとのご当地座談会も特別収録！

集英社文庫

集英社文庫　目録（日本文学）

川端裕人　雲の王
川端裕人 三島和夫　8時間睡眠のウソ。日本人の眠り、8つの新常識
川端裕人　天空の約束
川端裕人　エピデミック
川端裕人　空よりも遠く、のびやかに
川村二郎　孤高 国語学者大野晋の生涯
川本三郎　小説を、映画を、鉄道が走る
姜尚中　在日
姜尚中 森達也　戦争の世紀を超えて その場所で語られるべき戦争の記憶がある
姜尚中　母―オモニ―
姜尚中　心
神田茜　ぼくの守る星
神田茜　母のあしおと
木内昇　新選組 幕末の青嵐
木内昇　新選組裏表《うらおもて》録 地虫鳴く
木内昇　漂砂のうたう

木内昇　櫛《くし》挽《ひき》道《ち》守《もり》
木内昇　みちくさ道中
木内昇　火《ほ》影《かげ》に咲く
木内昇　万波を翔る
樹島千草　太陽の子 GIFT OF FIRE
樹島千草　スケートラットに喝采を
樹島千草　映画ノベライズ耳をすませば
岸本裕紀子　定年女子 これからの仕事、生活、やりたいこと
岸本裕紀子　定年女子 60を過ぎて働くということ
喜多喜久　真夏の異邦人 超常現象研究会のフィールドワーク
喜多喜久　リケコイ。
喜多喜久　マダラ 死を呼ぶ悪魔のアプリ
喜多喜久　青矢先輩と私の探偵部活動
北杜夫　船乗りクプクプの冒険
北大路公子　石の裏にも三年 キミコのダンゴ虫的日常
北大路公子　晴れても雪でも キミコのダンゴ虫的日常

北大路公子　いやよいやよも旅のうち
北方謙三　逃《の》がれの街
北方謙三　弔鐘《ちょうしょう》はるかなり
北方謙三　第二誕生日
北方謙三　眠りなき夜
北方謙三　逢うには、遠すぎる
北方謙三　檻《おり》
北方謙三　あれは幻の旗だったのか
北方謙三　渇きの街
北方謙三　牙
北方謙三　危険な夏―挑戦Ⅰ
北方謙三　冬の狼―挑戦Ⅱ
北方謙三　風の聖衣―挑戦Ⅲ
北方謙三　風群の荒野―挑戦Ⅳ
北方謙三　いつか友よ―挑戦Ⅴ
北方謙三　愛《いと》しき女たちへ

集英社文庫

晴《は》れても雪《ゆき》でも　キミコのダンゴ虫的日常《むしてきにちじょう》

2017年4月25日　第1刷
2022年10月19日　第2刷

定価はカバーに表示してあります。

著　者　北大路公子《きたおおじきみこ》
発行者　樋口尚也
発行所　株式会社　集英社
東京都千代田区一ツ橋2-5-10　〒101-8050
電話　【編集部】03-3230-6095
【読者係】03-3230-6080
【販売部】03-3230-6393（書店専用）
印　刷　凸版印刷株式会社
製　本　凸版印刷株式会社

フォーマットデザイン　アリヤマデザインストア　　マークデザイン　居山浩二

ISBN978-4-08-745576-2 C0195